KB109488

긴 호흡

긴 호흡

시를 사랑하고 시를 짓기 위하여

메리 올리버

민승남 옮김

마음산책

긴 호흡

1판 1쇄 발행 2019년 12월 20일
1판 9쇄 발행 2024년 10월 15일

지은이 | 메리 올리버
옮긴이 | 민승남
펴낸이 | 정은숙
펴낸곳 | 마음산책

등록 | 2000년 7월 28일(제2000-000237호)
주소 | (우 04043) 서울시 마포구 잔다리로3안길 20
전화 | 대표 362-1452 편집 362-1451   팩스 | 362-1455
홈페이지 | www.maumsan.com
블로그 | blog.naver.com/maumsanchaek
트위터 | twitter.com/maumsanchaek
페이스북 | facebook.com/maumsan
인스타그램 | instagram.com/maumsanchaek
전자우편 | maum@maumsan.com

ISBN 978-89-6090-603-7 03840

* 책값은 뒤표지에 있습니다.

내 삶은 나의 것이다. 내가 만들었다.
그걸 가지고 내가 원하는 걸 할 수 있다.
내 삶을 사는 것. 그리고 언젠가 비통한 마음 없이 그걸
야생의 잡초 우거진 모래언덕에 돌려주는 것.

모든 시는 내 삶에 관한 것인 동시에
당신의 삶에 관한 것이고,
미래의 무수한 삶에 관한 것이다.

차례

서문 8

펜과 종이 그리고 공기 한 모금

힘과 시간에 대하여 13
펜과 종이 그리고 공기 한 모금 21
살아 있기 44

푸른 목장

헤링 코브에서 59
올빼미들 62
푸른 목장 69
연못들 77
치어 85

삶의 동반자들

나의 친구 월트 휘트먼 89

삶에 대한 열정을 가진 네 명의 동반자들 93

스티플톱 99

몇 가지 말들 116

시인의 목소리

시 **가자미, 하나** 123

시인의 목소리 124

시 **가자미, 둘** 148

감사의 말 150

옮긴이의 말 152

추천의 글 155

작가 연보 158

메리 올리버를 향한 찬사 162

서문

이 책을 쓰는 건 개를 목욕시키는 일과도 같았다. 다듬을 때마다 조금씩 깔끔해졌다. 하지만 개를 목욕시키다 보면 개가 너무 깨끗해져서 개다움을 완전히 잃을 위험에 처할 때가 있다. 나는 이와 같이 책도 너무 많이 씻어내게 될까 봐 수건을 내려놓고 책에게 다 끝났다고 말한다. 왕겨나 모래 같은 실제 세계의 쪼가리들이 이 책의 페이지들에 조금은 달라붙어 있기를 바라기 때문이다.

책에는 편향과 열정이, 그리고 저자의 결함이 담긴다. 이 책은 편향되고 독단적이기도 하지만, 즐겁기도 하고, 아마 절망도 있을 것이다. 절망 없이 60년을 수월하게 나아가는 삶이 있을까? 하지만 독자들은 낙담의 실개천보다는 기쁨을 더 확실히, 더 빈번히 발견하게 될 것이다. 야생의 세계에 대한 사랑, 문학에 대한 사랑, 타인과의 사랑이라는 지속적인 열정들의 영향을 받은 지금까지의 내 삶이 그러했으니까.

지금은 어둡다. 밤의 첫 커브가 아닌 마지막 커브, 나의 시간이다. 곧 이 필연적인 어둠에서 빛이 솟을 것이다. 나는, 내가 좋아하는 표현을 쓰자면 변덕스러우면서도 동시에 진지하게,

일을 시작한다. 내게 일이라 함은 걷고, 사물들을 보고, 귀 기울여 듣고, 작은 공책에 말들을 적는 것이다. 나중에, 긴 시간이 지난 뒤에 이 말들의 모임은 다른 책에 오를 가치가 있는 무언가가 되어 지금 이 시간 내가 달콤한 어둠 속에서 보거나 들은 걸 여러분이 알게 될 수도 있을 것이다. 나의 바람대로 여러분이 이 책을 통해 야생의 세계에 대해 전보다 더 큰 호기심을 갖게 된다면 말이다.

어쩌면.

그동안, 굿 나이트.

펜과 종이 그리고
공기 한 모금

일러두기

1 이 책은 『Blue Pastures』(Harcourt Brace, 1995)를 우리말로 옮겼다.

2 표지와 본문의 사진은 사진가 이한구의 작품으로, 원서에는 없는 것이다.

3 외국 인명과 지명, 작품명 및 독음은 외래어표기법을 따르되, 관용적인 표기와 동떨어진 경우 절충하여 실용적 표기를 따랐다.

4 국내 소개된 작품은 번역된 제목을 따랐고, 국내에 소개되지 않은 작품은 원어 제목을 독음대로 적거나 필요한 경우 우리말로 번역해 적었다.

5 각주는 저자가 쓴 것이고, 옮긴이 주는 글줄 상단에 맞추어 표기했다. 원서에서 기울여 강조한 글씨는 굵은 고딕 글씨로 처리했다.

6 신문, 잡지 등의 매체명은 〈 〉로, 편명은 「 」로, 책 제목은 『 』로 표기했다.

힘과 시간에 대하여

여느 날과 다름없는 은빛 아침이다. 나는 책상에 앉아 있다. 전화벨이 울리거나 누군가 문을 두드린다. 나는 지성이라는 장치에 몰입해 있다가 마지못해 일어나 전화를 받거나 문을 연다. 그러면 손에 쥐었던, 혹은 '거의' 손에 쥐었던 생각이 사라진다.

창작은 고독을 요한다. 방해 없는 집중을. 그것이 열망하는 확실성에 이를 때까지, 반드시 즉각 얻어지는 것은 아닌 그 상태에 도달할 때까지 지켜보는 눈 없이 홀로 날아다닐 수 있는 하늘을. 그리고 프라이버시와 따로 떨어진 장소—서성이고, 연필을 질겅질겅 씹고, 휘갈겨 쓰고 지우고 다시 휘갈겨 쓸 장소를.

방해자가 다른 사람이 아닌 자기 자신인 경우도, 더 많진 않더라도 그 못지않게 많다. 자기 안의 다른 자아가 휘파람을 불고, 문을 쾅쾅 두드리고, 사색의 연못으로 풍덩 뛰어든다. 그 다른 자아가 하는 말이란? 치과 의사에게 전화해야지. 겨자가 떨어졌어. 스탠리 삼촌 생일이 이 주 남았어. 물론 당신은 반응을 보인다. 그런 다음 작업을 다시 시작하지만, 아이디어의 요정은 이미 안개 속으로 사라져버린 뒤다.

이 내부의 힘, 이 내밀한 방해자의 궤적을 따라가보겠다. 세상은 개방된 공용 장소가 지닌 활기찬 방식으로 많은 인사를 쏟아내며, 모름지기 그래야 한다. 거기에 무슨 불평이 있을 수 있겠는가? 하지만 자기가 자신을 방해할 수 있다는 것, 그리고 실제로 그렇게 하는 것은 보다 어둡고 신기한 문제다.

나는 적어도 세 개의 자아로 이루어져 있다. 우선 과거의 어린아이가 있다. 물론 나는 더 이상 그 아이가 아니다! 그러나 나는 아이의 목소리를 멀리서, 가끔은 그리 멀지 않은 곳에서 들을 수 있다. 그 아이의 희망 혹은 고통의 소리를 들을 수 있다. 아이는 사라지지 않았다. 나의 기억 속에서, 혹은 수증기 자욱한 꿈들의 강에서 아이는 강력하고 이기적이며 암시적인 존재를 드러낸다. 그 아이는 떠나지 않는다, 절대로. 지금 이 시간에 나와 함께 있다. 무덤 속에서도 나와 함께 있을 것이다.

다음으로 세심한 사회적 자아가 있다. 이 자아는 미소 짓는 문지기다. 시계태엽을 감고 삶의 일상성을 헤치고 나아가며, 지켜야 할 약속들을 마음에 새겼다가 꼭 지킨다. 이 자아는 천 가지 의무감에 사로잡혀 있다. 하루의 시간을 가로질러 움직이며, 그 움직임 자체가 과업의 전부인 것처럼 여긴다. 움직이면서 지혜나 기쁨의 나뭇가지를 줍든 아무것도 줍지 못하든, 그런 건 거의 신경 쓰지 않는다. 이 자아가 밤낮으로 듣는 건, 그리고 그 어떤 노래보다 사랑하는 건 시곗바늘의 끝없는 전진, 그

엄격하고 발랄하며 확신에 찬 리듬이다.

시계! 그 열두 숫자 달^{moon}의 얼굴, 그 흰 거미의 배! 그 세선세공細線細工 바늘은 얼마나 침착하게, 얼마나 꾸준히 움직이는 가! 열두 시간, 또 열두 시간, 다시 시작! 먹고, 말하고, 자고, 길을 건너고, 설거지를 한다! 시계는 여전히 똑딱거린다. 모든 시야가 탁 트여 있고 **규칙적이다.** (이 단어에 주목하라.) 날마다 주어지는 열두 개의 작은 통들이 무질서한 삶을, 그리고 그보다 더 무질서한 생각을 정리해준다. 마을의 시계가 울부짖고, 모든 손목 위 얼굴들이 콧노래를 부르거나 반짝인다. 세상이 스스로와 보조를 맞춘다. 또 하루가 지나간다. 규칙적이고 **평범한** 하루. (이 단어에도 주목하라.)

당신이 비행기표를 구입해 뉴욕에서 샌프란시스코까지 날아간다고 가정해보자. 안전하고 친숙한 땅에서 떠올라 열 수는 없으나 아찔한 고공을 내다볼 수 있는 작은 창문 옆에 앉았을 때, 당신은 조종사에게 무엇을 요구하겠는가?

단언컨대 당신은 조종사의 자아가 규칙적이고 평범하기를 원할 것이다. 그가 그저 차분한 즐거움을 느끼며 일에 임하기를. 멋지거나 새롭기를 원하진 않을 것이다. 그가 일상적으로 자신이 할 줄 아는 것, 곧 비행기를 날게 하는 일을 하도록 요구할 것이다. 그가 공상에 젖지 않기를 바랄 것이다. 그가 어떤 흥미로운 생각의 미로로 접어들지 않기를 바랄 것이다. 그 비행이

색다르지 않고 평범하기를 원할 것이다. 외과 의사, 앰뷸런스 운전사, 선장에게도 마찬가지다. 그들 모두 자기 일에 대한 자신감을 주는 익숙함 속에서 평소와 다름없이 일하면 된다. 그들의 평범성은 세상의 확실성이 된다. 그들의 평범성은 세상을 돌아가게 한다.

나 또한 이 평범한 세계에 산다. 나는 이 세계에서 태어났다. 사실 내가 받은 대부분의 교육은 그 안에서 편안함을 느낄 수 있도록 하기 위한 것이었다. 왜 그 계획이 실패했는지는 별개의 이야기다. 그런 실패들은 일어나게 마련이며 모든 일이 그렇듯 실패 또한 세상에 이득이 된다. 세상에는 제화공製靴工뿐 아니라 몽상가도 필요하니까. (사실 그건 그리 단순한 문제는 아니다. 제화공도 이따금 '잡념'에 빠져 엄지손가락을 찧지 않는가? 그리고 가끔 몽상가도 늙은 육신이 관심을 달라고 아우성치면 굶주리지 않으려 몽상에서 빠져나와 시장 문이 닫히기 전에 서둘러 달려가지 않는가?)

그리고 이 또한 진실이다. 예술가들이 하는 **모든 종류의** 창작은 세상이 돌아가도록 돕는 게 아니라 앞으로 나아가도록 도우려는 것이다. 그것은 평범함과는 완전히 다르다. 창작은 평범함을 부정하진 않는다. 단순히 다른 것일 뿐이다. 그 작업은 다른 관점을, 다른 우선순위들을 필요로 한다. 분명 우리 각자의 내면에는 어린아이도, 시간의 종도 아닌 자아가 존재한다. 우리 중 일부에겐 가끔 찾아오고, 나머지 사람들에겐 폭군 노릇을 하는 세 번째 자아. 이 자아는 평범성에 대한 사랑이 식었고, 시간에 대한 사랑도 식었다. 영원성에 대한 갈망을 지녔을 뿐이다.

지적 작업은 가끔, 영적 작업은 확실히, 예술적 작업은 늘 이 자아의 지배 아래 있다. 이런 작업들의 힘은 시간의 영역과 습관의 속박을 넘어 작용해야만 한다. 하지만 실제 작업이 삶 전체와 확실히 구분될 수는 없다. 창조적인 사람은 중세 기사처럼 다가올 일에 대비하여 정신적, 육체적 준비를 하는 것 외엔 할 수 있는 게 거의 없다. 그가 할 모험들은 모두 미지의 것들이기 때문이다. 사실 작업 자체가 모험이다. 예술가는 비범한 에너지와 집중력 없이는 작업을 시작할 수 없으며 시작하고 싶어 하지도 않는다. 예술은 비범함에 관한 것이다.

창조의 장치는 통제하거나 조절할 수 있는 것이 아니다. 예술가는 창조력을 갖고 일해야 한다. 창조력 없이 일한다는 건 창조에 대항하여 일하는 것이다. 예술에는 영적 삶에서와 마찬가지로 중립지대가 없다. 특히 시작 단계에서는 고독과 집중뿐 아니라 규율도 필요하다. 예를 들면 젊은 작가들에겐 집필 스케줄이 좋은 제안이다. 말해주는 것만으로 충분하다. 누군가 어서 그들에게 진실을 말해주는 것이 좋지 않을까? 우리의 모든 의식적 규율에도 불구하고 희미하게 빛나는 형상의 아이디어들이 때가 되면 힘찬 날갯짓으로 무질서하고 무모하게, 가끔은 열정처럼 다루기 힘들게 찾아올 것이니 언제든 준비가 되어 있어야 한다고 말이다.

비범함이 어디서 일어나고 어디서 일어나지 않는지, 그 장소들의 목록을 만든 사람은 아직 없다. 하지만 지표들은 있다. 군중 속이나 응접실, 평화로움이나 안락함, 즐거움 속에서는 거의 보이지 않는다. 비범함은 야외를 좋아한다. 집중하는 정신을 좋아한다. 고독을 좋아한다. 매표원ticket taker보다는 모험가risk taker를 가까이한다. 그렇다고 안락함이나 세상의 정해진 일상을 얕보는 게 아니라, 관심이 다른 곳을 향하는 것이다. 비범함은 가장자리에, 가장자리 너머의 무정형에서 형상을 만들어내는 데 관심을 보인다.

창작은 중력에 대한 물의 충실성만큼 완전한 충실성을 요한다. 이건 의문의 여지가 없는 사실이다. 그걸 모르거나 받아들이지 않고 창조의 황야를 터덜터덜 걸어가는 사람은 길을 잃는다. **영원**이라는 그 지붕 없는 장소를 갈망하지 않는 사람은 집에 머물러야 한다. 그런 사람은 더할 나위 없이 가치 있고, 쓸모 있고, 심지어 아름답기까지 할 수는 있으나 예술가는 아니다. 그런 사람은 오직 반짝이는 한 순간을 위한 시기적절한 야망, 완성된 작업과 더불어 사는 게 낫다. 그런 사람은 비행기를 조종하는 게 낫다.

창조적인 사람들은 멍하고, 무모하고, 사회적 관습들과 의무들을 소홀히 한다는 인식이 있다. 아마 그럴 것이다. 왜냐하면 그들은 완전히 다른 세계에 살기 때문이다. 그 세계에서는 세 번째 자아가 통치자다. 예술의 순수성은 어린 시절의 천진난만

함(그런 것이 있다면)과는 다르다. 어린아이의 삶은 격렬하고 광범위한 감정에도 불구하고 날개 달린 말을 위한 풀에 지나지 않는다. 그 날카로운 이빨에 잘 씹혀야 한다. 과거의 우화들을 인정하고 살펴보는 것과 마치 그것들이 예술에 적합한 어른의 형상인 것처럼 꾸미는 것 사이엔 양립 불가능한 차이가 존재하며, 그것들은 결코 그렇게 될 수가 없다. 작업에 집중하는 예술가는 자신으로부터의 방해를 거부하고 작업에 몰두함으로써 에너지를 얻는, 그래서 그 작업에 대한 책임을 지는 어른이다.

어느 날 오전이나 오후에 불쑥 찾아오는 심각한 방해는 타인으로부터 우리에게 오는 시의적절하고, 쾌활하고, 사랑스럽기까지 한 방해가 아니다. 심각한 방해는 우리가 스스로에게 던지는 주의 깊은 시선에서 온다. 거기에 화살을 과녁에서 벗어나게 하는 타격이 있다. 거기에 우리가 자신의 의도에 던지는 그물이 있다! 두려워해야 할 방해가 있다!

지금은 아침 여섯 시고, 나는 작업 중이다. 나는 멍하고, 무모하고, 사회적 의무 같은 것들에 소홀하다. 꼭 그래야만 하는 상태다. 타이어에 구멍이 나고, 이가 빠지고, 백 번쯤 겨자 없이 식사를 해야 할 것이다. 시가 써진다. 나는 천사와 씨름했고 빛에 물들었고 아무 부끄러움이 없다. 죄책감도 없다. 나에게는 평범해야 하거나 시간을 맞춰야 할 책임이 없다. 겨자나 이에 대한 책임도 없다. 잃어버린 단추나 냄비 안의 콩에 대한 책임도 없다. 나는 언제 어떤 방식으로든 영감이 찾아오면 그것에 충실할 뿐이다. 내가 당신과 세 시에 만나기로 약속했는데 만일 늦는다면, 크게 기뻐하라. 내가 아예 나타나지 않는다면, 더 크게 기뻐하라.

　예술적 가치를 지닌 작업은 다른 방식으로는 이루어질 수 없다. 그리고 예술에 몸 바친 이에게 가끔의 성공은 그 모든 노력을 가치 있는 것으로 만들어준다. 세상에서 가장 애석한 사람들은 창작에 사명을 느끼고 창조력이 안달하며 솟구치는 걸 감지하면서 거기에 힘도 시간도 들이지 않는 이들이다.

펜과 종이 그리고 공기 한 모금

나는 30년 넘게 거의 늘 뒷주머니에 공책을 넣고 다닌다. 항상 가로 3인치약 7.5센티미터, 세로 5인치약 12.5센티미터의 작은 크기에 손으로 꿰매어 만든 같은 종류의 공책이다. 이 공책에 시를 쓰지는 않는다. 그렇지만 결국 시에 등장하게 될 문구들이 담겨 있다. 그러니까 이 공책들은 내 시의 시작인 셈이다. 거기엔 내게 영구적으로나 일시적으로 중요한 여러 사실들도 기록되어 있다. 봄에 어떤 새들을 보았을 때, 주소, 읽고 있는 책에서 인용한 문구, 사람들이 한 말, 쇼핑 목록, 레시피, 생각들.

공책에 적힌 문구나 아이디어 가운데 일부는 영영 완성된 산문이나 시로 도약하지 못한다. 그것들은 나의 무의식 속에서 스스로를 갈고닦지 않거나, 나의 의식에게 선택을 받지 못한 것이다. 그렇다고 해서 그것들이 일시적이거나 덧없는 이치를 담고 있다고 단정할 수는 없고, 어쩌면 추운 날 뿌리는 씨앗일 수도 있다. 아직 때를 만나지 못한. 하나의 아이디어는 채택되기 전에 여러 문구들에 등장하는 경우가 자주 있다.

나는 공책을 처음부터 끝까지 쓰지 않고 닥치는 대로 무질서하게 사용한다. 아무 페이지나 펼쳐지는 대로 쓴다. 왜 그렇게 하는지 모르겠다. 공책이 제법 차면 다른 공책으로 바꾼다. 특히 봄과 가을에 쓴 공책에는 글씨가 번져서 읽기 힘든 페이지들이 있다. 봄과 가을은 비가 많이 내리는 계절인 데다 거의 모든 기록이 야외에서 이루어지기 때문이다.

내 기록은 어법과 리듬에서 극도의 정확성을 띤다. 옛날에 쓴 공책에서 이런 기록을 찾을 수 있다. "나무들을 본다/ 자신의 몸을/ 빛의 기둥으로/ 만들고 있는." 그보다 최근 공책에는 이런 글이 있다. "언어의 정제된 고통이/ 그를 지나갔다." 때때로 일반적으로는 이해할 수 없는 일종의 사적 속기도 있다. "6/ 8/ 92 컹!"은 처음으로 프로빈스랜즈에서 코요테들과 맞닥뜨리고, 개 짖는 소리와 흡사한 소리를 들은 날에 대한 기록이다. 속기나 문구는 모두 기록한 순간과 장소로 돌아가기 위한 것이다. 이건 매우 엄밀한 의미에서 하는 말이다. 기록은 그게 무엇이든 내가 그걸 쓴 이유가 아닌 느낌의 체험으로 나를 데려간다. 이건 중요하다. 그러면 나는 그 아이디어, 곧 그 사건의 의미에 대해 돌이켜 생각하기보다는 아이디어가 나오기 이전부터 생각할 수 있게 된다. 내가 공책에서 포착하고자 하는 건 논평이나 생각이 아니라 그 순간이다. 그리고 완성된 시 자체에서 포착하고자 하는 것도 물론 이와 같은 경우가 아주 많다.

흉내지빠귀에게 그의 노래에는 말이 결여되어 경박하다고 말할 사람이 어디 있겠는가?

◞

굴뚝새가 더 나은 집을 꿈꿀 거라 생각하는가?

◞

당신은 본 적이 없을지라도, 백조들은 존재한다, 심지어
　　지금도
　알을 깨고 햇살 속으로
　　　나오고 있다.
　그들은 자신이 누군지 안다.

◞

당신은 언제가 되어야
당신 자신을 포함해
세상을 걸어가는 모든 연약한 존재들에게
조금이나마 연민을 품게 될까?

∾

우리 삶의 주요 등장인물들이 죽으면, 무언가로 대체가 될까? 아니면 대체제 **말고** 다른 게 있을까?

∾

나는 가족 품에서
백수白壽를 누리지 않기를 바란다.

∾

당신이 처음 그녀 혹은 그—아름다움, 그 꿈—당신의 삶의 인간 소용돌이를 보았을 때 당신은 멈추어, 상쾌한 공기 속에 서서, 나무처럼 숨 쉬었는가? 당신의 삶을 바꾸었는가?

∾

허영의
작고 치명적인 목소리.

마음은 찢어지는 게
찢어지지 않는 것보다 낫다.

엘리 아멜링Elly Ameling, 네덜란드 출신의 리릭 소프라노은 탱
글우드에서의 마스터 클래스 도중에 젊은 가수에게
말한다. "아니! 아니! 아니! 입에 복숭아를 문 것처럼
노래해!"

평생 이것 이상은 없었다: 아름다움과 공포.

짖는 고양이처럼,
전혀 예상치 못한 것.

샤프스버그: "제9차 뉴욕 의용 보병 연대 소속의 한 박식한 병사가 오랜 시간이 지난 뒤 이렇게 썼다. '그때 나는 정신적 스트레스가 너무 심해서, 괴테의 삶에서 그와 유사한 경우에 언급되었던 특이한 현상을 보았다. 잠시 풍경 전체가 불그스름하게 변했다.'"

—B. 캐턴, 『링컨의 군대 Mr. Lincoln's Army』

결국 검劍은 공중에서 리본처럼 반짝이라고 만들어진 것이 아니다.

하지만 나는 그보다도 더 불편한 말을 하고 싶다.

"그러면 누가 알겠는가? 특정한 기억들이 마치 천사들처럼 우리를 지배하게 될지도 모른다."

—M. 유르스나르

당밀, 오렌지 하나, 회향 씨, 아니스 씨, 호밀 가루,
이스트 두 덩어리.

문화: 권력, 돈, 그리고 안전(그러므로).
예술: 희망, 비전, 영혼의 말하고 싶은 욕구.

모든 문화는 더 오래, 더 잘 살기 위해 분투하는 야
만적이고 원초적인 생물체로서 성장했다.

꿈은 시간, 공간의 제약이 없다. 물론 아담은 이 세
상의 사물들에 이름을 붙임으로써 그의 지평을 좁혔
다고 볼 수 있다.
어쩌면 꿈꾸기는 언어가 존재하기 이전의 명상인지
도 모른다. 동물들은 분명 꿈을 꾼다.

언어, 의식의 도구.

행은 시가 스스로를 하나의 존재이게 하는 장치다.
Verse, versus, vers verse는 시의 절節로 해석되고 versus는 verse의
라틴어 어원으로 '줄, 고랑'이라는 뜻이며 vers는 verse의 중세 영어 표기는
쟁기질의 방향을 돌리고, 행을 바꿔준다. 어디서 행
갈이를 할지 신중하게 결정해났는데 편집자가 잡지의
세로 행이나 인쇄 라인에 맞추어 긴 가지들을 잘라낼
때, 나는 헤아릴 수 없는 좌절감을 느낀다.

당신은 누구인가? 그들이 마을 가장자리에서
　　외쳤다.
나는 당신들과 하나다, 시인이 소리쳐 대답했다.
비록 그는 바람 같은 차림새였고, 비록
　　그는
폭포처럼 보였지만.

F가 우리를 방문했다가 이제 떠났다. 최후의 방책이 되는 힘은 붕괴의 힘이다.

M이 옆방에서 커튼을 치고 있다. "안녕, 사랑스러운 달님." 그녀가 말하는 소리가 들린다.

만일 당신이 지식을 얻기 위해 살생을 한다면, 당신이 잃어버린 것의 이름은 무엇인가?

지식에 심취한 사람들의 위험. 소로Henry David Thoreau는 완벽한 표본을 얻기 위해 나방에 가스를 주입한다. 오듀본John James Audubon은 알락해오라기의 심장에 바늘을 꽂는다.

나는 여우 뼈를 모래언덕으로 가져가서 거기에 묻어주었다. 더 이상 그런 것들을 간직하고 싶지 않다. 물론 내 안에는 경탄과 호기심이 가득하다. 하지만 나는 조만간 다른 것, 간직을 거부하는 숭배가 우리를 찾아와야 한다고 생각한다. 하나의 선물처럼, 하나의 이해로, 소유보다 더 행복한 흥분으로. 혹은 정통으로 날아오는 돌처럼 갑작스러운─너무 늦은!

모두가 힘의 작은 이빨을 가져야 한다. 모두가 물수 있기를 원한다.

통하지 않는 시들에 대하여─거의 날 수 있는 새를 누가 보고 싶어 하겠는가?

당신은 어떤 달콤한 목소리로 비치플럼북미 동부가 원
산지인 장미과 벚나무 속 식물을 설득하여

서두르게 할 수 있는가?

❧

잔혹한 어린 시절을 보낸 사람은 자신을 새로 창조
해야 한다. 그다음엔 세상을 새로 상상한다.

❧

반 고흐—그는 모든 걸 고려했지만, 그럼에도 황홀
해하며 미쳐버렸다.

❧

늑대거북 한 마리가 오늘 리틀시스터 연못에 떠다
　　니고 있었다.
흰뺨오리들은 아직 그레이트 연못에 있다.

❧

웃음갈매기들이 웃으며 우리 집을 지나쳐 날아간다. 곶 너머에는 지느러미고래가 아마 백 마리는 있을 것이다.

❧

메인주 유니티 칼리지에 갔다가 돌아왔다. 우리는 워터빌에 머물며, 아직 얼음과 눈이 많이 남아 있는 데도 얼지 않은 강 위로 흰머리수리 두 마리가 날아가는 걸 보았다. 즐거운 여행, 친절한 사람들, 흥미롭게 들어주는 청중. 루크와 베어메리 올리버의 반려견는 여행 내내 조용하긴 했지만, 우리가 주차장에 막 도착했을 때 베어가 나한테 토했다. 나는 그가 자동차 여행을 더 잘하는 법을 배우길 바란다.

❧

7월 내내, 그리고 8월까지 루크와 나는 여우들을 본다. 새끼를 데리고 사는 어른 여우 한 마리. 어른 여우는 진지하고 신경질적이고 날래다. 새끼는 태평하게 그 뒤를 졸졸 따라다닌다. 녀석이 검은 앞발을 들어 소나무 가지들을 때리더니 나무들 아래로 사라진다.

가넷부비 수백 마리가 앞바다에서 물속으로 곤두박질치기도 하고, 흰빛 올려차기로 물보라를 일으키기도 하며 먹이를 잡아먹는다. 새하얗고 긴 날개와 무시무시한 부리를 가진 무서운 새들이다. 우리는 자동차 창문을 열었지만 바스락거리는 날개 소리밖에 들리지 않았다. 그들은 서너 곳에서 먹이를 잡다가 더 멀리 나갔다. 우리는 때와 장소를 잘 맞췄다.

"난 아주 잘 지내고 있어. 기운도 찾아가고, 일도 하고…… 그리고 이따금 **죽음의 두려움**timor mortis이 한밤처럼 엄습하지."

—D. H.의 편지

레이스무늬의 바다 가장자리에 돌고래 두개골이 있다. 최근의 것인데 완벽하게 깨끗하다. 그리고 더없이 아름답다. 나는 그걸 손바닥에 올려놓는다. 너무

흥분해서 숨을 쉴 수가 없다. 어떻게 해야 할까?

☙

오크헤드로 가는 길 근처에 사슴 세 마리―물론 이제 그것들을 보면 늘 루크 생각이 난다. 연상에 의한 행복.

☙

누가 알아, 뿌리는 다른 생명의
꽃인지도.

☙

돈은 우리 문화에서 힘과 같다. 결국 힘은 아무 의미도 없기 때문에 돈도 별 의미가 없다.

☙

로버트 리Robert Edward Lee, 미국 남북전쟁 당시 남부연합군 총사령관는 죽어가면서 이렇게 외쳤다. "텐트를 걷어라!" 스톤월 잭슨Stonewall Jackson, 미국 남북전쟁 당시 남부연합 장군으로 본명은 토머스 조너선 잭슨은 마지막에 이렇게 말했다. "강을 건너 나무 그늘 아래에서 쉬자." 아마도 조용히 말했을 것이다.

❧

오늘 나에게는 야망이 전혀 없다. 어디서 이런 지혜를 얻은 걸까?

❧

거기 당신, 내 갈비뼈 아래 붉은 주먹처럼
합리적이라.

❧

작은 목흰미국솔새들이
공기에 키스한다

❧

노새의 기분을 아는 것처럼 굴지 말자.

오랜만에 까마귀 울음소리를 들었다. 나는 기쁨에 차서 깊이 귀 기울였다. 그리고 생각했다. 만일 내가 죽었다면, 죽어서 누워 있다면, 그리고 **저 소리를 들었다면!**

지적인 능란함과 영적인 기품, 당신은 어느 쪽을 택하겠는가?

설탕 같은 허영, 꿀 같은 진실.

젊었을 때 나는 슬픔에 매료되었다. 슬픔이 흥미로워 보였다. 나를 어딘가로 데려가 줄 에너지 같았다. 늙지는 않았다고 해도 이제 나이가 든 나는 슬픔이 싫다. 나는 슬픔이 자체의 에너지가 없이 내 에너지를 은밀히 사용한다는 걸 안다. 슬픔이 납처럼 무겁고, 숨 막히며, 반복적이고, 해결책이 없다는 걸 안다.

❧

이제 나는 단 몇 가지 일에 대해서만, 그러나 거듭해서 슬퍼한다.

❧

동화들—무언가를 하는 것과 아무것도 안 하는 것에는 큰 차이가 있다. 그리고 그 동화들에서 주인공은 늘 **무언가를** 한다.

❧

갓난아기에게는 온통 영광이 넘친다.
아기의 울음은 이렇게 말한다. **나 여기 있어! 나 여기 있어!**

❧

내가 한 모금의 비처럼 어디든 가지고 다닐 수 있
는 어둠의 순간을 달라.

❧

숲에는
나의 날래고
담대한 개가
돌아서서 내 품으로
기어들고 싶어 하는

장소가 있다.

❧

치명타를 날리기 전에 화려한 발재간에 몰두하지
말라.

❧

버지니아 울프가 쓴 많은 글은 그녀가 여자였기 때
문에 쓴 게 아니라, 버지니아 울프였기 때문에 쓴 것

이었다.

꼬리

나는 시간의 정수를 짜내는 것이라면 무엇이든 하고 싶다.

꼬리

사실: 우리는 그것을 집어 들고, 읽고, 내려놓으면 끝이다. 하지만 아이디어는! 집어 들고, 숙고하고, 반대하고, 확장하고, 그러다 보면 즐거움 속에서 오후가 다 지나간다.

꼬리

내 사고방식으로는 소로가 지나치게 사교적인 사람인 듯한 때가 많다.

꼬리

작은 낫 같은/ 쌍띠물떼새의 울음.

체험을 사색으로 옮긴 뒤 이 사색을 독자의 영적 상태와 접촉시키려는—그 소통의 명맥이 아무리 가늘거나 종잡을 수 없다 해도—의도 없이 특정 언어의 형식 안에 집어넣는 건, 시가 아니다. 아치볼드 매클리시Archibald MacLeish, 퓰리처상을 수상한 미국의 시인: "여기 작가가 있고, 저기에 '우주의 신비'가 있다." 시는 인간과 세상 **사이의** 관계 속에 존재하며 쓰인다. 시의 3요소: 우주의 신비, 영적 호기심, 언어의 에너지.

그렇다면 우리에게 우주는 무엇인가? 레오 프로베니우스Leo Viktor Frobenius, 독일의 민속학자이자 탐험가: "맨 처음 인류에게 신비함으로 감동을 준 건 다양한 종들을 지닌 동물의 세계였으며, 동물들은 경탄할 만한 가까운 이웃으로서 우리에게 모방적 동일시에의 욕구를 불러일으켰다. 그다음은 식물의 세계와 죽음이 삶으로 바뀌는 기름진 땅의 기적이었다. 그리고 마지막으로…… 관심의 초점은 수학으로 옮겨갔다." 천상의 수학.

예술은 그것을 존재하게 한 이 첫 사례들과 분리될

수 없다. 이제 그 힘들은 오직 꿈이나 악몽 혹은 융
Carl Grustav Jung의(우리의) 집단 무의식 혹은 생태적 감
수성에만 속해 있다고 해도, 나는 그것이 그보다 훨
씬 근본적인 것이라고 생각한다. 시는 세상의 인간들
과 세상 자체 사이의 관계에서 태어났다. 이 세상에서
의 삶에 대한 지각적 체험이 없다면, 어떻게 이런 구
절들이 의미를 지닐 수 있겠는가?

창문은 동쪽이고, 줄리엣은 태양이다.
—셰익스피어의 『로미오와 줄리엣』 중에서

혹은

그리고 어떤 거친 짐승이 마침내 때를 맞이하여 태어
나기 위해 베들레헴을 향해 구부정하게 다가오는가?
—예이츠의 시 「재림」 중에서

나는 생태학자처럼 생각한다. 하지만 학교 교사와
기업가뿐 아니라 코끼리와 밀까지 포함하는 대가족
의 일원으로서 느낀다. 그건 정신적 상태가 아닌 영
적 상태다. 시는 우리 역사의 산물이며, 우리 역사는
자연계와 불가분의 관계에 있다. 물론 벌집 같고 지하

감옥 같은 지금의 도시들에서는 시가 위안이 되지 못하고, 영향력을 행사하지도 못한다. 자연계와 개인 사이의 협정이 깨졌기 때문이다. 이제 더 이상 수확을 위한 노동은 없다. 이익을 위한 사냥만 있을 뿐이다. 삶은 더 이상 기쁨과 용맹 속에서 발현되지 않고, 오직 세속적 재물 축적의 도구로만 이용된다. 시가 그런 사람들에게 의미를 지니려면, **그들이** 먼저 발걸음을 떼어야 한다. 물질에 구속된 사리추구적 삶에서 벗어나 나무들을 향해, 폭포들을 향해 걸어야 한다. 시를 읽는 사람들이 너무 적은 것은, 이 겁에 질리고 돈을 사랑하는 세상에서 시의 영향력이 너무도 미미한 것은, 시의 잘못이 아니다. 결국 시는 기적이 아니다. 개인적 순간들을 형식화(의식화)하여 그 순간들의 초월적 효과를 모든 사람들이 이용할 수 있는 음악으로 만들기 위한 노력이다. 시는 우리 種의 노래다.

❧

세상의 종말은 영원히 오고 있지 않는가?

❧

시 한 편이
세상의 빛을 보도록
끌어내는 데
70시간가량이 걸린다.

＊

확실성에 열광하다

＊

새벽 6시가 다 되어간다. 흉내지빠귀가 아직도 노래한다. 나는 이제 막 떠오르기 시작한 해를 왼쪽 어깨에, 아직 미적거리고 있는 창백한 눈雪의 동그라미 같은 달을 오른쪽 어깨에 지고 바다로 가는 길이다.

살아 있기

우리—개와 나—는 푸른 어스름 속에서 오솔길을 걷고 있다. 이제 젊지 않은 나의 개는 빙판길을 조심조심 걷다가 여우 냄새를 맡는다. 이 아침에 여우는 얼어붙은 연못 위로 도망치고, 나의 개는 쫓아간다. 나는 멈춰 서서 그들을 지켜본다. 둘 다 얼음에 발이 미끄러져서 달리는 동작은 대범하고 유연한데 속도는 느리다. 그들은 연못을 다 건널 때까지 같은 거리를 유지한다. 여우는 더 빨리 갈 수 없고, 다리 긴 늙은 개도 마찬가지다. 개는 이 일로 일주일은 앓을 것이다. 그 장면은 꿈처럼 독창적이고 아름답다. 하지만 나는 완전히 깨어 있다. 여우는 연못 저편의 노란 잡초 사이로 사라지고, 나의 개는 헐떡거리며 돌아온다.

❧

나는 만물에 영혼이 깃들어 있다고 믿는다.

❧

어른들은 자신의 환경을 바꿀 수 있고, 아이들은 그럴 수 없다. 아이들은 무력하며 곤경에 처했을 때 그들을 둘러싼 모든 슬픔과 불운, 분노의 제물이 된다. 그런 것을 전부 느끼면서도 어른들처럼 그것들을 바꿀 능력이 없기 때문이다. 아이들이 그런 상황에서 벗어날 수 있도록 해주는 건 하나의 위안, 하나의 축복이다.

나는 그런 축복 두 가지를 신속히 찾아냈다. 자연계 그리고 글의 세계인 문학. 이 둘은 내가 고난의 장소에서 벗어날 수 있게 해주는 문이 되었다.

첫 번째 축복인 자연계에서 나는 편안함을 느꼈다. 자연은 아름다움과 흥미로움, 신비로 가득했고 행운과 불운은 있었지만 남용은 없었다. 두 번째 축복인 문학의 세계는 형식의 즐거움을 준 것 외에도 감정이입(키츠가 부정적 능력이라고 부른 것의 첫 단계)이라는 자양분을 제공했고, 나는 그걸 향해 달려갔다. 나는 그 안에서 휴식을 취했다. 기꺼이, 기쁘게 모든 것—다른 사람들, 나무들, 구름들—의 대역을 맡았다. 그로 인해 다름 **속에** 서게 되면서, 세상의 **다름은** 혼란의 해독제임을 깨달았다. 바깥의 들판이나 책 속 깊은 곳에 있는 세상의 아름다움과 신비가, 최악의 아픔을 겪은 마음에 고귀함을 되찾아줄 수 있음을 깨달았다.

그 날씬한 붉은여우들은 겨울의 마지막 몇 주 동안 만남을 갖곤 했다. 그들이 밤에 함께 달린 눈밭에는 한 동물이 아닌 두 동물의 발자국이 남았다. 그건 방향이 바뀌긴 해도 일직선을 그리며 사냥하는 동물들의 발자국은 아니었다. 발자국들은 호를 그리며 이어지다가 미끄러지다가 멈춰서 맞붙어 싸웠다. 눈을 차올리고, 뒷발로 앉고, 눈 아래 모래를 흩뿌리는 광경을 보라. 가끔 나는 멀리서 단단하고 차가운 기쁨을 부르는 그들의 캥캥거림을 듣기도 했다.

❧

　나는 책꽂이 만드는 법을 배우고 내 방에 책들을 들여 주위에 빽빽하게 둘러놓았다. 낮부터 밤까지 책을 읽었고 완전성, 자연신론, 형용사들, 구름들, 여우들에 대해 생각했다. 나는 안에서 방문을 잠그고, 낮이든 어둠 속이든 지붕에서 뛰어내려 숲으로 갔다.

❧

　새끼가 태어나면 수여우는 사냥을 해서 잡은 먹이를 굴 입구에 둔다. 암여우는 새끼들과 함께 쓰러진 나무나 나무뿌리, 배에서 쓰는 밧줄만큼 두껍고 긴 뿌리를 가진 야생장미 덤불 아래 어둠 속에 머문다. 새끼들은 어미 몸에 붙어 젖을 빤다. 그들은 안전하다.

　나는 언젠가 새끼들과 함께 누워 있는 우리 고양이 몸에 얼굴을 댄 적이 있는데, 고양이는 싫어하는 것 같지 않았다. 그래서 나는 그 보름달에 입술을 대고 풍성한 강을 맛보았다.

　나는 열심히 책을 읽으며 기술을 연마하고 확실성을 얻어갔다. 나는 사람들이 물에 빠져 죽지 않기 위해 헤엄치는 것처럼 읽었다. 그리고 그렇게 글을 썼다.

　몇 주가 지나면 새끼 여우들이 굴 주위에서 논다. 검은 털이 복슬복슬하다. 그들은 뼈를, 막대기를, 서로를 씹는다. 으르렁거린다. 깃털을 가지고 논다. 먹을 걸 갖고 싸우는데 가장 강한 새끼가 가장 약한 새끼보다 더 많이, 더 자주 먹는다. 그들에겐 자비도, 연민도 없다. 하나의 책임만 있을 뿐이다. 가능하면 살아남아 여우가 되는 것. 새끼 여우들은 힘이 세지고, 날씬해지고, 이빨이 많아지고, 기민해져간다.

나는 열두 살인가 열세 살 무렵 어느 여름날 시골 사촌 집에
있었다. 집 옆 작은 마당에 목줄을 달아 묶어놓은 여우 한 마
리가 있었다. 그 여우는 오후 내내 오후 내내 오후 내내 계속—

언젠가 나는 여우 한 마리가 크랜베리 농장에서 펄쩍 뛰어 덤
벼들고, 펄쩍 뛰어 덤벼들고, 펄쩍 뛰었다가 떨어지는 걸 보았다.
여우의 앞발이 가느다란 검정 앞발을 가진 노랑나비를 건드리려
즐겁게 허공을 때렸고, 나비는 여우의 발을 살짝살짝 피하며 진
초록 광택이 흐르는 천 같은 향긋한 늪 전체를 팔랑팔랑 날아다
녔다.

—계속 떨면서 이빨을 딱딱 맞부딪치며 이리 뛰었다 저리 뛰
었다 했다.

한번은 아버지가 나를 데리고 스케이트를 타러 갔다가 내 존
재를 잊어버린 채 집으로 돌아갔다. 물론 나중에 내가 함께 갔
던 걸 기억해내 돌아왔으나, 몇 시간이 지난 뒤였다. 나는 얼음
위에서 배회하다가 우리 가족과 조금 아는 사이인 친절한 젊은

여자에게 발견되어 그녀의 집으로 향했고, 그녀가 우리 집에 전화해서 내가 어디 있는지 알려주었다.

아버지가 문을 열고 들어설 때, 나는 그렇게 잘생긴 남자는 처음 보는 것만 같았다. 그는 말을 하거나 웃었고, 동작은 유연하고 느긋했으며 푸른 눈은 맑았다. 아버지는 나의 존재를 까맣게 잊었노라고 말했다. 그 몇 시간 동안 느꼈을 홀가분함이 눈에 보였다. 나는 지금까지도 기억 속에서 그걸 볼 수 있다. 그 자유가 후광처럼 그를 에워싸고 있었다. 나는 코트를 입었고, 우리는 차에 탔다. 그는 자신의 끔찍한 감옥에 도로 들어가 앉았고, 눈에는 다시 묵은 베일이 덮인 채 아무 말도 하지 않았다.

❧

나는 언어를 자기 기술記述의 수단으로 생각하지 않았다. 나를 지나가는 문—천 개의 열린 문들!—이라고 생각했다. 주목하고, 사색하고, 찬양하고, 그리고, **그리하여**, 힘을 갖는 수단으로 생각했다.

책 속에는 진실, 용기, 온갖 종류의 열정이 들어 있었다. 내 개인적 세계의 잔물결 이는 개울에서는 맑고 달콤하고 향기로운 감정이 흐르지 않았다—정말이지 슬픈 일이었다! 하지만 나는 이야기와 시에서 속박되지 않은 건강한 열정을 발견했다. 그렇다고 그런 감정들이 내가 읽은 모든 책의 가장 명료하고 맛깔

나는 서술에서 항상 발견되었던 건 아니고, 심지어 흔히 발견되지도 않았다. 전혀! 나는 거기에 어떤 기술이, 그리고 끈기가 요구되는지 보았다. 척추를 굴렁쇠처럼 구부리고 책을 들여다봐야 하는 긴 노동이다. 나는 아무것도 하지 않는 것, 조금 하는 것, 진정한 노력이라는 구원적 행위의 차이를 보았다. 읽고, 그 다음엔 쓰고, 그다음엔 잘 쓰기를 열망하는 것, 그 가장 즐거운 환경(일에 대한 열정)이 내 안에서 형태를 갖추었다.

❧

나는 깊은 숲속에서 네 발로 걷기를 시도했다. 그렇게 한 시간가량 덤불 사이를 지나고, 들판을 가로지르고, 크랜베리 습지로 내려갔다. 본 사람은 없을 것이다! 결국에는 녹초가 되고 여기저기 아팠지만 풀들, 새로 돋아난 나뭇가지들, 내리막들, 덩어리들, 비탈들, 개울들, 깊이 갈라진 틈들, 공터들의 눈높이에서 세상을 보았다. 나는 여기저기 돌아다니고, 숨 쉬고, 절름거리고, 마침내 늪 가장자리의 소용돌이와 지그재그를 이룬 나무들 아래 눕는 한 마리 늙고 느린 여우였다.

❧

변덕스럽기를 멈춰선 안 된다.

꒰

그리고 자신의 삶에 대한 책임을 다른 사람에게 떠넘겨선 안
된다.

꒰

삶이 쉽다거나 확신에 차 있다는 건 아니다. 완강한 수치심
의 그루터기들, 수많은 세월이 지난 후에도 해결되지 못하고 남
아 있는 슬픔, 아무리 춤과 가벼운 발걸음을 요구하는 시간이
라 할지라도 어디를 가든 늘 지고 다니는 돌 자루가 있다. 하지
만 우리를 부르는 세상, 경탄할 만한 에너지들을 가진 세상도
있다. 분노보다 낫고 비통함보다 나은, 더 흥미로워서 더 많은
위안이 되는 세상. 그리고 우리가 하는 것, 우리가 다루는 바
늘, 일이 있으며 그 일 안에 기회―뜨거운 무정형의 생각들을
취하여 그것들을 보기 좋고 열을 유지하는 형상 안에 집어넣는
느리고 세심한 노력을 기울일―가 있다. 신들 혹은 자연 혹은
시간의 소리 없는 바퀴가 부드러운, 휘어진 우주 전체의 형상
들을 만들어온 것처럼. 곧, 나는 내 삶을 주장하기로 결심함으
로써 일과 사랑을 통해 멋진 삶을 만들어나가게 되었던 것이다.

꒰

형상은 확실성이다. 모든 자연이 그걸 알며, 자연보다 위대한 조언자는 없다. 구름은 구멍이 많고, 모양이 자주 변하고, 거만하고, 양털 같은 형상들을 갖고 있다. 구름이 구름이기 위해서는 그래야만 한다. 구름 떼가 푸른 바다 위에서 무릎을 꿇고 바람의 썰매를 타고 오는 걸 보라. 그리고 푸른 물속에서는 뛰어오르도록 만들어진 돌고래를, 쏜살같이 달려가는 가시고슴도치갯지렁이를 보라. 위로 끌어당겨주는 공기 가득한 기포들을 가진 밧줄 모양 켈프다시맛과의 대형 갈조를 보라. 세 개의 관절로 이루어진 날개로 날마다 바다 위를 떠도는 앨버트로스를 보라. 각각의 형상은 우주 안에서 다른 것들과 서로 다른 분위기를 정하고, 운명을 가능하게 하고, 인상을 준다. 그러니 우리가 어떻게 시선을 멈출 수 있겠는가? 어떻게 고개를 돌릴 수 있겠는가?

ᕙ

그리하여 처음에 세상이 온다. 그다음엔 문학. 다음으로 연필이 천 마일의 종이 위를 움직여 해낼 수 있는(어쩌면, 가끔) 것은 무엇인가.

ᕙ

여우가 얼어붙은 연못가에서 오래전에 언 라쿤 사체를 먹고 있었다. 뼈와 지방, 가죽만 남은 볼품없는 무더기였지만 그래도 없는 것보단 나았다. 나는 몇 주 동안 이른 아침에 그 길을 걸을 때마다 검은 접시 모양의 언 라쿤 사체에 주둥이를 박고 뜯어먹는 여우를 보았다.

❧

이제 나의 늙은 개는 죽었고, 나는 다른 개를 갖게 되었으며, 나의 부모님은 돌아가셨고, 나의 첫 세계인 그 옛집은 팔렸고, 내가 거기서 모은 책들도 팔렸거나 사라졌다. 하지만 더 많은 책을 사들였고, 다른 곳에서 판자 하나하나 돌 하나하나로 마치 집처럼 진정한 삶을 지었다. 그 모든 건 내가 여우와 시, 빈 종이 그리고 내 에너지를 사랑하는 일에 대해 한결같았기 때문이다. 희미하게 빛나는 세상의 어깨들은 개인의 운명에는 무심하게 으쓱하지만 나일강과 아마존강은 계속 흐르게 하기 때문이기도 하다.

그리고 내가 내 삶에 대한 책임을 다른 사람에게 넘기지 않았기 때문이다. 내 삶은 나의 것이다. 내가 만들었다. 그걸 가지고 내가 원하는 걸 할 수 있다. 내 삶을 사는 것. 그리고 언젠가 비통한 마음 없이 그걸 야생의 잡초 우거진 모래언덕에 돌려주는 것.

여우가 모래언덕에 앉아 나를 바라본다. 하품을 하자 말뚝 같은 이빨들이 반짝인다. 여우는 턱 밑을 긁다가 일어나서 큰 엉덩이와 느린 동작으로 태연하게 모래언덕들을 뛰어넘어, 오솔길로 내려가 걷다가 가볍게 뛰더니 나무 아래 그림자 속으로, 마치 물로 뛰어들듯 돌진하여 사라진다.

푸른 목장

헤링 코브에서

바다의 가장자리가 반짝이며 희미하게 빛난다. 조수간
만의 차는 폭풍우가 휘몰아치지 않는 평소에도 9피트약 3미터쯤
된다. 이곳 해변은 모래와 빙하퇴적물로 이루어져 있고, 이 퇴
적물의 여러 색깔 조약돌들은 쉼 없이 움직이는 물의 솜씨 좋
고 매끄러운 손길에 유리처럼 동글동글하게 닳았다. 그 외에도
조류에 따라 질주하는 파도에 실려 왔다가 바닷물이 빠지면서
남겨진 온갖 물건이 있다.

한 조류에서 다음 조류까지, 한 해에서 다음 해까지, 나는
여기서 무엇을 발견하는가?

고깃배에서 나온 자몽과 오렌지 껍질, 양파 망, 끈 달린 형형
색색의 풍선들, 맥주 캔, 음료수 캔, 비닐봉지, 플라스틱 병, 플
라스틱 병뚜껑, 여성 위생 용품 부산물, 몇 해 전 여름의 피하
주사기, 짝 잃은 장갑과 신발, 플라스틱 컵, 낡은 담배 라이터,
겨자 병, 부패되어가는 미끼용 물고기가 담긴 플라스틱 통, 녹
슬었거나 아직 반짝이는 낚싯바늘, 똬리를 튼 낚싯줄 뭉치, 공
모양 낚싯줄 뭉치, 그리고 이 공 모양 낚싯줄 뭉치 중 하나에는
죽음의 문턱에 이른 큰부리바다오리가 걸려 있다.

함박조개, 맛조개, 긴 수염으로 돌이나 서로에게 붙어 있는 홍합, 무척 드문 늙은 굴과 백합白蛤 껍데기 그리고 두드럭고둥, 물레고둥, 가랑잎조개, 침배고둥, 총알고둥, 옆줄구슬우렁이 등 흰 정도가 다양한 조개껍데기들. 물고기의 뼈와 몸, 땅홍어, 실고기, 아귀, 해파리, 돔발상어, 불가사리, 가자미, 전갱이, 전갱이 일부, 전갱이의 새틴 같은 분홍색 내장, 거무스름한 해초 속의 소금 무늬가 찍힌 은빛 양미리.

죽은 참물범, 죽은 갈매기, 죽은 비오리, 눈처럼 새하얀 머리와 과꽃처럼 푸른 눈 주위로 조그만 아이보리색 이가 기어 다니는 죽은 가넷부비. 겨울의 죽은 각시바다쇠오리.

어느 여름 아침, 정확히 썰물 때에 돌고래 두개골이 물가로 올라왔다. 나중에 둥근 테들을 이어놓은 듯한 등뼈, 꼬리뼈, 엉덩이뼈가 모래 위로 밀려 올라오더니 바다의 정원으로 돌아가지 않는다.

자동차 열쇠 한 세트. 4분의 1은 초록색으로 변하고 소금기에 부식되었다.

물레고둥의 알 껍질, 땅홍어의 검정 알 껍질, 끈말, 둥근 테두리에 갈라진 부분이 있는 옆줄구슬우렁이의 모랫빛 보금자리, 그리고 한번은 세찬 바람이 불고 간 밤이 지난 뒤 물에 흠뻑 젖은 가시고슴도치갯지렁이.

인간의 정신이 아직까지 그리고 앞으로 상상할 수 있는 그 어떤 것보다 화려한 나방, **세크로피아나방**이 긴 죽음의 첫 아침을 맞이한 모습. 나는 소로가 콩코드 숲에서 이 나방을 발견하고 묘사한 글을 생각한다. "가장 호화로운 의상을 차려입은 젊은 황제의 모습이었고……." 날개는 폭이 6인치에, 어느 한 부분 탁월하지 않거나 정교한 무늬를 갖추지 않은 곳이 없다. 소용돌이무늬, 동그라미무늬, 짧은 번개모양 줄무늬. 팽팽한 하부구조 위 날개는 바싹 깎은 곱디고운 모피처럼 가루 같기도 하고 털 같기도 하다. 흰색, 크림색, 검정색, 은청색, 적포도주색, 적갈색, 여기는 연갈색, 저기는 진갈색, 다른 데는 더 짙은 갈색, 눈처럼 흰 몸통의 붉은 줄무늬들과 테두리, 적갈색 다리, 더듬이의 검은 깃털. 한때 이것은 굶주린 초록 벌레였다. 그러다 깊디깊은 잠이라는 병목 구간을 지나 바람의 그물을 통과하여 따뜻한 들판으로 날아왔다. 그리고 이제 과거의 빛나는 쓰레기가 되었다. 이것의 공허함은 완전하다. 그리고 끔찍하다.

올빼미들

　　나는 프로빈스랜즈의 무성한 숲과 모래언덕에서 수많은 올빼미를 보았다. 황혼 녘에, 어둠 속에서, 새벽이 가까워올 때 올빼미 울음소리를 들었다. 올빼미들이 그레이트 연못 위로, 로즈 타샤의 시끄러운 마당 너머로 날아가는 걸 지켜보았다. 커머셜 스트리트의 오래된 감리교회 첨탑 뇌문세공 사이로 빠져나와 날아가는 것도 보았는데, 그곳에선 비둘기들이 잠을 자고 한 마리씩 사라진다. 나는 숲 곳곳에서 올빼미들을 보았다. 올빼미들은 좋아하는 장소에 머물다가 토끼가 적어지면 새로운 사냥터로 옮겨 가고, 계절이 몇 번 지나면 다시 돌아온다.

　　나는 1월과 2월에 숲속을 거닐 때면 높다란 나무의 커다란 둥지를 찾아본다. 일찌감치 둥지를 튼 큰뿔부엉이_{부엉이는 올빼밋과에 속하며, 머리에 뿔 모양 귀깃이 있는 경우 부엉이로 분류됨}가 뗏목을 탄 노파처럼 막대기 뭉치 위에 앉아 있는 걸 마음의 눈으로 본다.

　　나는 내 산책 범위 안에 있는 프로빈스랜즈의 모든 곳을 살펴본다. 클랩스 연못, 베넷 연못, 라운드 연못, 오크헤드 연못을 살핀다. 쓰레기 매립지 가장자리의 자전거 길을 따라가며 살펴본다. 쓰레기 매립지는 예전엔 아마도 사냥터였을 것이고, 올빼미나 다른 많은 동물이 무시하는 장소가 아니었을 것이다. 나는 공항 근처 숲의 소나무 사이로 올빼미를 날아오르게 한 적이 많았기에 그곳도 들여다본다.

패스처 연못 주변의 숲도 들여다본다. 프로빈스타운의 포고관이었던 조지 워싱턴 레디가 백여 년 전에 그곳에서 눈이 여섯 개 달린 시 서펜트sea serpent, 신화나 전설 속에 등장하는 거대한 뱀 형상의 바다 괴물를 보았다고 한다. 그는 바다에서 나타난 시 서펜트가 모래언덕을 스르르 기어 넘는 광경을 목격했다고 말했다. 시 서펜트가 패스처 연못으로 내려가 시야에서 사라졌다는 것이었다. 나는 겨울마다 얼어붙은 연못을 들여다보며 시 서펜트를 생각한다. 그 뒤로는 그걸 본 사람이 없으니 수련 뿌리 사이에 아직 잠들어 있지 않을까.

모래는 여전히 얼어 있고 눈발은 정처 없이 천천히 흩날리고 세상에서는 철제 컵에 담긴 물 냄새가 나는 고요한 푸른 오후에, 나는 소방 도로와 자전거 길을 지나 숲으로 더 깊이 들어가서 큰 떡갈나무와 그보다 큰 소나무 사이를 살핀다. 그리고 큰 뿔부엉이 둥지로 가는 길에 신기한 것들을 많이 본다. 여름엔 나뭇잎에 가려져 있다가 이제 나뭇가지에 모습을 드러낸 쌍살벌의 잿빛 벌집들, 낚싯줄을 엮어 넣어 바람이 불면 혜성 꼬리처럼 흰 가닥들이 나부끼는 아메리카꾀꼬리의 보금자리를 비롯한 새 둥지들, 가을의 적갈색 들판으로 풀려났으나 겨울의 저편에서도 아직 살아 있는 자신을 발견하고 기뻐하며 밝은 날

개로 들판에서 맹렬히 날아오르는 꿩들, 야위고 우울한 푸른가
슴왜가리, 잿빛 겨울 코트를 입고 차가운 늪을 껑충거리며 달
려가는 사슴, 예기치 못한 얼굴로 나무에 앉아 있는 올빼미—
한 번, 딱 한 번 본 줄무늬올빼미.

태양이 남쪽에서 돌아와 햇빛이 강해지면서 마침내 땅은 부
드러워지고, 나무에는 새싹이 움트고, 오후는 배회하기에 더
넓은 공간이 된다. 파랑지빠귀, 울새, 노래참새, 크고 활기찬 대
륙검은지빠귀 무리가 돌아오고, 들판에서는 굴렁쇠 모양 블랙
베리 가지들이 부드러운 진자주색을 띠며 본연의 색깔을 되찾
고, 연못들의 얼음이 천둥소리를 내기 시작하더니 얼음 조각
사이로 주춤거리는 검은 번개처럼 갈라진 금들이 보인다. 그러
면 겨울이 끝난다. 나는 다시 큰뿔부엉이 둥지를 발견하지 못
하고 겨울을 떠나보낸 것이다.

그러나 큰뿔부엉이 자체를 발견하기란 어렵지 않다. 그들은
조용히 날개를 펼치고 귀깃을 머리에 찰싹 붙이고서 거대한 날
개를 퍼덕이거나 활공하며 나무 사이를 곡예비행한다. 미네르
바의 부엉이, 멀린의 동반자 아르키메데스^{아서 왕 전설에 등장하는 마법}
^{사 멀린의 부엉이}는 나뭇가지 위에서 들썩거리며 흐릿한 시선을 하
고 마음속은 피 생각으로 가득 찬 새가 아니라, 분명 비명올빼
미들이었다.

내가 나무에서 면도칼 같은 발톱으로 나뭇가지를 긁는 큰
뿔부엉이를 올려다볼 때, 갈고리 모양 부리의 묵직하고 또렷하

며 숨소리가 섞인 딱딱거림을 듣고 있는 내 어깨 위로 나무껍질 파편이 떨어진다. 나는 비명올빼미가 내 손목에 앉아 있거나, 가냘픈 애기금눈올빼미가 부드러운 큰 나방처럼 그레이트 연못가로 날아 내려가는 건 상상할 수 있다. 저 빛나는 방랑자 흰올빼미 앞에 조용히 앉아 흰 깃털의 반짝임에서 북극에 대해 배우는 내 모습도 상상할 수 있다. 하지만 큰뿔부엉이와는 그렇게 가까이 있는 걸 상상할 수 없다. 만일 큰뿔부엉이가 내게 닿는다면 내 삶의 중심까지 건드릴 것이고, 나는 쓰러지고 말 것이다. 큰뿔부엉이는 이 세상의 순수한 야생 사냥꾼이다. 그들은 토끼, 생쥐, 들쥐, 뱀, 스컹크, 심지어 어스름한 마당에 앉아 평화로운 생각에 잠긴 고양이들을 덮칠 때, 날래고 무자비하다. 나는 머리 없는 토끼나 아메리카어치 사체를 발견하면 그것이 큰뿔부엉이 소행임을 안다. 큰뿔부엉이는 뇌의 맛에 대한 끝없는 갈망이 있어서 머리만 가져간다. 나는 어린 강아지를 데리고 황혼 녘에 산책할 때면 신중하고 조심스러워진다. 나는 이 새를 안다. 녀석은 할 수만 있다면 온 세상을 먹어 치우려 할 것이다.

큰뿔부엉이가 절묘하고 완벽하게 날래지 않은 밤에도 토끼의 비명은 끔찍하다. 하지만 큰뿔부엉이의 비명은 고통이나 절망, 세상에서 뽑혀져 나가는 것에 대한 두려움이 아닌 죽음을 가져오는 자의 신명을 담고 있는데도, 그보다 더 끔찍하다. 나는 그 소리가 숲속에 울려 퍼진 뒤 다섯 개의 검은 토사물 덩어리로 이루어진 노래가 돌처럼 허공으로 떨어질 때, 내가 불가사의의 가장자리에 서 있음을 안다. 이곳에서 공포는 자연스럽고 풍요로운 삶의 한 부분이며, 가장 고요하고 지적이며 양지바른 삶—이를테면 내 삶과 같은—에도 이 부분은 존재한다. 큰뿔부엉이가 끝없는 굶주림에 끊임없이 사냥에 나서는 그 세상은 내가 살고 있는 세상이기도 하다. 세상은 오직 하나뿐이니까.

가끔 나는 숲에 서서 나무 사이로 날아다니는 큰뿔부엉이의 노래에 귀 기울이며, 작은 생물체들이 **녀석** 없이도 충분히 힘들 영하 12도의 그 시기에 여름 들판을 생각하는 나를 발견한다. 양귀비나 루피너스 같은 꽃들이 만발한 들판. 아니면 이곳, 모래언덕들을 수놓은 장미가 몇 곱절씩 늘어가는 이 들판. 장미는 여름내 보드라움과 꿀을 지닌 빨강, 분홍, 하양의 텐트를 이루고, 그 향기는 도처에 퍼지고 머문다. 그 달콤함은 손에 만져질 듯 생생하고 과도하여 나는 그것에 사로잡히고, 취하고, 정복당한다. 그것이 강물이기라도 한 양 그 물결에 휩쓸려 나른하게 꿈결에 젖는다. 나는 모래 위로 무너져 옴짝도 못하고, 더 이상 안달하지도 않으며, 몸을 꼼짝 못하게 하는 행복감으로 가득 찬 충만하고 무기력하며 완성된 상태에 이른다. 이 또한 끔찍하지 않은가? 이 또한 두렵지 않은가?

장미 또한 큰뿔부엉이처럼 과도하지 않은가? 한 송이 한 송이의 꽃은 작고 사랑스럽지만, 절대적이고 조용한 다수의 장미는 불변의 힘이 된다. 야생장미의 소임은 우연히 모래언덕에 발길이 닿은 우리 모두를 한동안 완전히 사로잡고 단순한 기쁨을 만끽하게 해주는 것이라도 한 것처럼 말이다. 그 상상력의 **기지개가**, 그 균형이 마음을 희롱하게 하라. 지금 나는 머리 위에서 큰뿔부엉이가 검은 날개를 펼치는 소리에 움찔한다. 얼마 전까지는 모래언덕에 앉아 하릴없이 장미들의 도시를 들여다보던 나였다.

나는 큰뿔부엉이의 깃털 두 개를 갖고 있다. 하나는 라운드 연못 근처에서 발견한 것이고 나머지 하나는 다른 날, 한 나무에서 다른 나무로 푸드덕거리며 날아가는 녀석을 구경하다가 떨어진 걸 주운 것이다. 큰뿔부엉이가 날아오를 때 까마귀 떼가 그 모습을 포착했고, 긴 싸움을 벌이고 있는 그들 사이에 또 다른 난투극이 시작되었다. 큰뿔부엉이는 자고 싶어 했지만 까마귀들이 녀석을 쫓아갔고, 큰뿔부엉이가 다른 나무에 자리를 잡자 까마귀들―이제 열두 마리는 되는―이 그 위쪽으로 몰려들어 부리를 벌리고 혀를 흔들며 녀석의 얼굴에 소리를 질러댄다. 그들은 큰뿔부엉이의 거대하고 날랜 발에 위험할 정도로 가까이 다가간다. 그 발에 잡힌 까마귀는 죽은 목숨이다. 하지만 까마귀들은 천성적으로 숨거나 웅크릴 줄을 모른다. 죽음이 이글거리는 눈으로 지켜보고 있는 나무에 모여 시끄럽게 울어대며 모험을 거는 게 그들의 천성이다. 그 늙은 폭격기를 자극하는 건 얼마나 재미난 일인가. 깃털을 부풀려 몸을 키우고 쉿 쉿거리는 큰뿔부엉이의 황갈색 깃털을 공격하는 건 얼마나 기 쁜 일인가.

하지만 결국 큰뿔부엉이는 나무를 완전히 떠나 하늘 높이 날아올라 두세 개의 언덕을 넘고, 까마귀들은 다른 환락을 찾 아간다.

그리고 나는 다시 걸음을 옮겨 여름의 어깨를 넘고, 붉은 얼 룩무늬 가을을 가로지른다. 그리고 다시 늦겨울이 되면 프로 빈스랜즈의 깊은 삼림지대로 들어가고, 어쩌면 몇백 마일을 더 가 큰뿔부엉이 둥지를 찾아본다. 그래, 물론 가는 길에 놓인 다 른 모든 것을 본다.

푸른 목장

　　M과 나는 미늘톱니바퀴 모터가 달린 나무배를 타고 방파제보다 조금 더 가서 닻을 내린 뒤, 낚싯바늘에 미끼를 끼웠다. 우리는 오후 내 떨리는 낚싯줄을 끌어 올렸으나 번번이 미끼만 사라진 빈 낚싯바늘이었다. 우리는 미끼를 더 끼웠다. 낚시에 대해 배우지 않아서 무언가를 잡으려면 시간이 얼마나 걸릴지 몰랐다. 나중에 들어보니 우리는 게들―아마도 캘리코 크랩미국 대서양 연안에 서식하는 점박이 무늬의 게이나 신바람 난 황록색 꽃게 무리―배만 불려주고 있었다. 낚시에 관한 한, 우리는 미끼를 잘못 썼고 낚싯바늘에 제대로 끼우지 않았으며, 조류로 볼 때 잘못된 시간에 잘못된 위치에 있었다.

　　그래도 기뻤다. 물론 우리는 물고기를 잡으러 나갔다. 그럼에도 시간은 즐겁게 흘러갔고, 우리는 물에게서 펄떡거리는 형상을 빼앗지 않은 걸 만족스러워했다. 그날 우리가 아무것도 잡지 못했다는 사실이 즐거움의 일부가 되었다. 물은 깊고, 반짝거리고, 계속 움직였다. 하늘은 맑고 높았다. 아무리 단순한 육신을 가졌을지라도 생명체에게서 마지막 한 조각 숨을 빼앗는 것보다는 느리고 긴 상념에 젖기에 더 어울리는 분위기였다.

그런가 하면 해변을 걷다가 근처 어딘가에서 갈고리에 찍힌 채 배 위로 끌어 올려지지 않은 물고기들을 발견한 적도 있다. 그러니까 그 물고기들은 내 것이다. 한번은 어부를 만족시키지 못한 명태 세 마리가 모래밭에 누워 있었다. 나는 양심의 가책 없이 그것들을 집으로 가져와 사랑스러운 순백의 몸뚱이들을 현명하게 사용했다.

하지만 이곳에서 낚시는 우리가 그 행위에 참여하든 참여하지 않든, 분명한 활력 가운데 하나다. 바다가 우리를 둘러싸고 있다. 집들과 구불구불 길게 뻗은 두 개의 길을 둘러싸고 있다. 한가로운 대화를 둘러싸고 있고, 독창적인 생각이기를 바라며 생각에 몰두하는 마음을 둘러싸고 있다.

어느 여름 아침, 이웃이 해변에서 개들에게 쫓기다 탈진한 검은 오리 한 마리를 데려왔다. 오리는 샤워실의 찬 바닥에서 쉬고, 먹고, 졸았다. 그 여름에 우리 동네엔 늙은 수고양이 한 마리가 돌아다녔다. 우리는 고양이에게 밥을 주고, 가끔 끔찍한 상처들을 치료해주기도 했다. 그래서 녀석은 황혼 녘이면 부엌 창문으로 들어와 먹고, 씻고, 낮잠도 자다가 떠났다. 그날 집에 들어온 고양이는 오리를 발견하고 야윈 엉덩이를 흔들어 놀라움과 악의를 나타냈다. 오리는 얼어붙었다. 그 순간이 지나가자 오리는 부리로 깃털을 다듬더니 퍼덕거리며 샤워실로 사라졌고, 고양이는 태평하게 평소에 하던 일들을 마친 다음 여름

밤 속으로 펄쩍 뛰어 돌아갔다.

며칠 뒤, 우리는 오리를 물가로 데려갔다. 오리는 마침 물이 차오를 때 파도에 올라타, 방파제 근처에서 쉬고 있는 오리 무리에게 헤엄쳐 갔다. 오리가 멀어져갈 때, 물속에서 검은 솔기 같은 것이 오리 쪽으로 움직이다가 오리를 지나쳐 우리를 향해 똑바로 다가오는 게 보였다. 그건 상어의 가파른 등지느러미였다. 그런 타이밍을 어떻게 이해할 수 있을까? 우주에는 우연한 일들이 많고 많지만 그 일은 어떤 신비한 의미를 지닐까? 그 지느러미 아래서 8피트약 2미터 44센티미터나 9피트약 2미터 74센티미터쯤 되는 청새리상어가 해변으로 접근해왔다. 그러다 지느러미의 방향을 돌렸고—뭔가 잘못된 것이다—조금 흔들렸다. 찻잔만큼 큰 한쪽 눈이 우리 쪽으로 기울었다. 그 거대한 물고기는 사용되지 않는 황폐한 부두의 말뚝 근처 물속에 머물렀다. 그걸 보고 해변에 있던 청년 몇 명이 각목과 쇠막대를 들고 달려왔다. 나는 왜 상어에게 해코지를 하려느냐고 소리를 질렀다. 그들은 들은 체도 안 했고, 상어는 멀리 떠나는가 싶더니 다시 돌아왔다. 나는 주먹을 꽉 쥐고 다시 소리를 질렀다. 청년들은 나를 빤히 쳐다보며 투덜거렸으나 곧 부두를 떠났다. 상어는 몸을 돌려 자세를 바로잡고 더 깊은 물속으로 잠수했다.

나는 손질된(응급처치를 받았다는 게 더 적절한 표현일 수도 있겠다) 참다랑어들이 부두 위에서 윈치로 끌어 올려져 가공

71

공장으로 들어가려고 기다리는 걸 보곤 한다. 참다랑어는 말 정도의 크기로 무게가 700파운드약 310킬로그램, 800파운드약 360킬 로그램씩 나간다. 대개는 비싼 값으로 빠르게 팔기 위해 일본으로 날아간다. 참다랑어 한 마리가 잡히면 혹시 더 나타날까 싶어서 30척쯤 되는 배가 해안으로 몰려든다. 나는 바다에서 참 다랑어를 본 적이 딱 한 번 있다. 아침 햇살 저 멀리서 금빛 말 한 마리가 파도 속으로 뛰어들었다가 나왔다.

어느 날 오후, 고래 관광선 **돌핀호**에 타고 있었는데, 그 큰 배가 거대하고 둥글납작한 개복치 옆을 지날 때 보니 머리와 부 푼 몸뚱이를 구분하기가 거의 불가능했다. 개복치는 소리 없이 편안하게 떠다니고 있었는데 어쩌면 자고 있었을지도 모른다.

가자미는 멋진 저녁 식사다. 고등어도 마찬가지다―눈처럼 흰색, 한밤의 색 그리고 폭풍우 몰아치는 하늘의 푸른색으로 이루어진 그 비늘 배열. 함박조개는 발굽처럼 생긴 껍데기의 가운데 부분을 칼로 벌려 손질할 때 분홍빛 살이 칼에서 움찔 물러나며 단단해진다. 홍합은 삶으면 소리 없이 벌어지지만, 처음 바위에 붙어 있는 걸 따려고 손을 뻗으면 기이한 한숨 소리를 낸다. 홍합 따는 사람의 그림자가 어둠을 더 짙어지게 만들어 홍합의 삶이 거의 끝났음을 알려주기라도 하는 것처럼 말이다. 차가운 잿빛 햇살 속 모래톱에서 잡자마자 바로 먹는 백합만큼 맛이 좋은 건 없다. 얇은 막 형태의 받침대에서 잘라내어 혀에 미끄러뜨리듯 밀어 넣는 것이다. 갈매기들은 그 맛을 안다. 갈매기들은 당신이 백합을 먹고 있는 걸 보면 공중에서 방향을 돌린다. 돌연 째지는 울음을 내지르며 흰 깃털을 급강하에 맞추어 재정비하고, 모래 위로 내려앉아 당신 가까이에 서서 애원하는 얼굴로 바라본다.

나는 전갱이들이 물 위에서 호를 그리며 썰매처럼 나아가는 것도 본다. 그들은 무리를 이루어 물 위로 뛰어올랐다가 미끄러져 내려가고, 다시 허기에 몰려 이빨을 드러낸 끔찍한 모습으로 뛰어오른다. 그들에게 쫓겨 피로 얼룩진 물고기 떼는 도망칠 곳을 찾다가 가끔 모래 위까지 올라오기도 한다. 그 물고기들은 아마 도미일 것이다. 몸이 뭉텅뭉텅 잘려 나가 반만 남은 몸이 여전히 펄떡거린다.

줄무늬농어는 80파운드약 36킬로그램, 100파운드약 45킬로그램쯤 될 것이다. 나는 줄무늬농어를 바다에서 본 적은 없지만, 얼음을 채운 상자에 담겨 있거나 사슴 사체처럼 어부의 트럭에 묶여 있는 건 본 적이 있다.

내가 우연히 본 또 다른 물고기는 대구와 순한 명태다. 이따금 해변에서 죽은 아귀를 발견하는데, 몸은 온전하지만 거대한 입이 뜨거운 태양 아래 축 처져 있다. 한번은 흑돔을 보았다. 하지만 이 경우도 다른 물고기를 기대했던 어부가 모래에 버리고 간 것이었다. 또 한번은 어린 소년의 양동이에 담긴 성대쏨뱅이목 성대과의 바닷물고기로 붉고 푸른빛을 띰도 보았다.

오징어가 간간이 해변으로 밀려 올라와 물을 튀기며 뒹군다. 오징어는 줍는 것보다 손질하는 게 더 오래 걸린다. 맛은 닭고기와 비슷한데 훨씬 진하다. 튜브형 몸체 하나당 닭이 다섯 마리쯤은 든 맛이다.

꼬마홍어는 흔하다. 어부들은 이 물고기가 미끼를 자주 물고, 낚싯줄을 끊어 시간을 잡아먹고, 풀려나면 모래 위에서 음울하게 펄떡거려 싫어한다. 나는 어부들이 무딘 톱니바퀴 모양을 한 꼬마홍어의 넓은 날개 위에 서서 녀석을 끌고 온 갈고리를 빼내는 걸 보곤 한다. 나는 이 물고기를 도로 물속에 돌려보내는 수고를 하는 어부들을 거의 보지 못했다. 꼬마홍어가 죽으면 갈매기들이 와서 먹는다. 우리가 저 검은 깃털 큰 새들의 방문을 받는 행운을 누릴 때는 어린 독수리들의 먹이가 되기도 한다. 꼬마홍어의 기이한 얼굴은 자꾸만 머릿속에 떠오르는데, 아마 어부들에게도 그럴 것이다―사람처럼 생긴 침 흘리는 입, 툭 불거진 진저리 나는 눈을 덮었다 다시 올라가는 두툼한 눈꺼풀의 갑작스러운 동작. 나는 어부들에게도 그렇기를 바란다. 꼬마홍어의 희고 부드러운 배는 탐욕스러운 갈매기 부리에 한 시간 내로 찢긴다. 하지만 연골 뼈대는 천천히 사라져간다. 작은 연처럼 위쪽 해변까지 물살에 밀려 올라와 그곳에서 오래 버틴다.

어부들은 유연한 검은 돔발상어에게도 무자비하다. 우리는 갈고리에 끔찍하게 찍히거나 반 토막 난 돔발상어들이 물에서 떠돌다 해변으로 올라오는 걸 본다.

하지만 모든 어부의 칼이 그렇게 빠른 건 아니다. 나는 배에서 한 어부—프로빈스타운 사람—가 소름 끼치게 생긴 생물체를 끌어 올리는 광경을 목격한 적이 있다. 비참한 천사 같은 거대한 거미게로, 높이와 너비가 1피트^{약 30센티미터}는 되는 돔형 몸체를 갖고 있었다. 축 늘어진 긴 다리들에는 해초와 조개껍데기 쪼가리들이 붙어 있었고, 모호한 몸체 중심에서 물이 쏟아져 나왔으며, 두 눈은 앞다리 사이로 겸허하게 앞을 응시하고 있었다. 몸통 껍데기에도 해초와 표류물 쪼가리들이 장식되어 있었다. 거미게는 위장을 위해 몸을 치장한다. 다리를 뒤로 뻗어 주위에 있는 물질들을 닥치는 대로 몸에 처바른다. 그 어부는 한숨을 쉬며 거미게를 배 바닥에 던졌다. 그러고는 무릎을 꿇고 앉아 갈고리를 뺐다. "필요 없는 건 잡으면 안 되지." 그는 그렇게 말하고 일어나서 거미게를 뱃전 너머로 던졌다.

나도 무언가를 바다에 돌려준 적이 있다. 친구가 우리에게 전갱이 한 마리를 줬다. 나는 그걸 다듬으려고 물가로 내려갔다. 비늘을 벗기고 날카로운 칼로 뱃살을 가르자 배가 터졌는데, 그건 나의 부주의함 때문이 아니라 순전히 필요에 의한 것이었다. 그 전갱이가 작은 양미리를 먹어서 신축성 있는 붉은 주머니 같은 위장이 꽉 차 있었던 것이다. 양미리가 쏟아져 나왔고, 그중 대여섯 마리는 다친 데 없이 온전한 상태로 꿈틀거

렸다. 그 기적은 한순간의 예고도 없이 너무도 빠르게 우리를 향하며 우리에게 기꺼이 복종하기를 요구했다. 나는 생각할 겨를도 없이 얼른 손으로 그것들을 떠서 차가운 물에 넣었고, 형제자매의 죽음이 남긴 얇은 막이 그들의 몸에서 떨어져 나갔다. 양미리들은 잠시 얼떨떨한 상태에서 다시 삶 속으로 헤엄쳐 들어갈 수 있다는 걸 깨닫지 못한 채 제자리에서 요동치더니, 이윽고 은빛 잎사귀들처럼 펼쳐지며 순식간에 사라졌다.

연못들

푸른가슴왜가리는 자코메티Alberto Giacometti, 스위스의 조각가
가 조각한 천사들처럼 흔하다. 클랩스 연못이나 그레이트 연
못 둘레는 그들과의 만남을 기대하기에 좋은 장소다. 푸른가슴
왜가리는 겨우내 머물기도 하지만, 나는 그들이 편히 지낸다는
상상은 할 수가 없다. 이곳은 눈이 많이 내리는 경우가 드문데,
대개 이곳과 본토 사이의 소금기 많은 공기 중에 녹아버리기
때문이다. 하지만 연못들은 얼고 늪 또한 마찬가지다. 아메리카
검은댕기해오라기도 흔하며, 해마다 리틀시스터 연못 가장자리
어디쯤에서 한 쌍이 둥지를 튼다.

백로들은 대개 늦여름에 오지만 가끔 그보다 일찍 오기도 한
다. 그들은 마을 서쪽 끝에 있는 강렬한 초록빛 해수 늪지에서
새하얀 모습으로 존재한다. 간간이 아메리카쇠백로들도 등장하
여 큰 연못들 가장자리를 어슬렁거리며 돌아다닌다. 그들은 작
고 유연한 동작으로 사냥한다. 긴 목을 오른쪽, 왼쪽으로 살짝
살짝 구부리며 눈은 광적인 집중력으로 얕은 물을 주시한다.

가끔 다 자란 작은청왜가리가 여름의 탁한 물에 모습을 나
타내고, 녀석의 물렛가락 같은 다리 아래에서 물이 단속적斷續的

으로 흔들린다.

어느 늦여름의 아주 이른 아침, 적갈색따오기 열두 마리가 자주색과 검은색의 어두운 빛을 번쩍거리며 블랙워터 연못 가 장자리를 거닐었다.

내 풍경의 중심은 비치Beech, 너도밤나무 숲이라고 불리는 곳이다. 이 모래 반도에서 시원하고 무성한 라임색 잎의 키 큰 너도밤나무는 희귀하고, 그들의 깊고 느린 삶은 그 이름을 가진 장소에서 존재를 인정받는다. 이곳의 연못들 대부분이 전통적인 이름을 갖고 있다. 이름이 없는 것들은 내가 이름을 붙여줬다. 안 될 게 뭔가? 연못은 지하수면에서 융기한 것으로, 모래언덕들의 모래가 날아들면서 얕아지고 모양이 변했다. 또 연못은 무리를 이루어 날마다 많은 모래를 물어가고 긁어가고 떠가는 겨울바람을 피해 물이 대체로 남동쪽으로 퍼진다.

연못들에는 강꼬치고기가 산다. 다른 물고기들도 있지만, 나는 그들의 이름을 모른다. 하지만 나는 그들이 안개 낀 아침에 백랍빛 수면으로 뛰어오르는 걸 본다. 강꼬치고기에는 가시가 많아서 나는 이 물고기들을 먹는다는 사람을 본 적이 없다. 봄이면 어부들이 낚시를 하러 오긴 하지만 말이다. 어부들은 이 물고기들을 도로 물에 던져 넣거나, 죽었든 살았든 물가에 내버려둔다.

4월이면 부들이 수면 위로 나타나기 시작하는데, 전체적인 용승중층이나 저층의 물이 표층으로 올라오는 현상작용이 일어나는 그달 말이 가까워지면 줄기가 굵고 높게 자라 수확이 가능하다. 연초록색 잎은 영양가도 풍부하고 바구니 같은 걸 엮는 재료로도 쓰인다. 골든클럽노란색 꽃이 피는 토란과의 수생식물도 모습을 드러내는데, 특히 블랙워터 연못 가장자리에서 많이 보인다. 아메리카원앙이 이 식물을 좋아하고, 사향쥐도 그렇다.

개구리들은 늦은 3월부터 4월 둘째 주까지 시도 때도 없이 울어대는데, 그달 말까지 연못에서든 얕은 늪에서든 수명이 짧은 물웅덩이에서든 시끄럽고 활기 넘칠 것이다.

4월이면 늑대거북이 긴 잠에서 깨어난다. 그들은 건장한 몸에 다시 활력이 차오를 때까지 고독한 탈진 상태로 한동안 연못을 떠다니기도 한다. 한번은 그레이트 연못과 리틀시스터 연못 사이의 좁은 길에서 우리 집 개가 꾸물거리더니 무언가를 물고 천천히 다가왔다. 녀석은 내 손에 커다랗고 굽은 발톱을 뱉었다. 나는 그게 뭔지 즉시 알아챘다. 내가 본 늑대거북 중에는 사향쥐 같은 머리와 한 살짜리 아기 발 크기의 발을 가진 것들이 있었다. 몇 해 전에 본 한 녀석은 수련 사이에서 거대하고 주름진 모습으로 나타나, 얕은 진흙탕에 웅크리고 앉아 있었다. 조용히 숨을 들이쉬고 내쉬었고, 불룩한 목이 팽창과 수축을 거듭했다. 나는 늑대거북이 무언가를 죽이는 건 보지 못했다. 가끔 우리는 너무 많이 갖지 않아도 충분할 때가 있다.

수련을 만든 창조주가 너도 만들었을까? 나는 늑대거북의 깜빡임 없는 눈을 들여다보며 물었다. 알면서 그래. 늙고 가무잡잡한 얼굴은 그렇게 대답하고 연못의 검은 기름 속으로 도로 미끄러져 들어갔다.

거위와 오리 새끼들은 날갯짓을 할 수 있을 때까지 살아남는 것들보다 그 전에 물에서 사라지는 것들이 더 많다. 여우 굴 근처에서 거위와 오리 뼈를 발견하기도 하지만, 주로 그들을 사라지게 하는 건 늑대거북—연못 수면 아래에서 새끼 거위나 오리의 나뭇잎 같은 발이 헤엄쳐 지나가기를 기다리며 지켜보는—들이다.

여기선 비단거북도 흔히 볼 수 있다. 그리고 돌거북도 보았다. 블랙워터 연못에서도 보았고, 산란기에 물에서 나와 오르막을 터벅터벅 기어오르거나 연못 주변의 축축한 나뭇잎들 사이를 지나는 것도 보았다.

하늘에서 내려다보면 연못들을 이해하기 쉽다. 연못들은 북동쪽에서 남서쪽으로 줄지어 늘어서 있다. 바람과 조수가 트루로의 바깥쪽 해안을 이루고 있는 곳에서 빙하 부스러기들을 옮겨와 이 곶케이프코드을 마무리하는 아름다운 만곡부에 쌓으면서 곶 안쪽에 함몰지대가 형성되고, 거기에 연못 중 하나가 자리한다. 곶이 두꺼워지면서 이 함몰지대가 재조정되고 또 다른 '눈', 또 다른 연못이 생긴다. 누군가를 수십만 년 전으로 돌려

보내 어떤 새로운 연못들이 탄생했는지 보게 하라. 메커니즘이 뒤바뀌지 않은 한, 상승하고 대적할 수 없는 바다밖에는 보고할 게 없을 것이다.

여기에는 청둥오리도 있고 검은 오리도 있다. 청둥오리는 연못에 머물고, 검은 오리는 민물뿐 아니라 만에서도 시간을 보낸다. 푸른날개쇠오리도 이동 중에 이곳을 거쳐 가고, 미국쇠오리도 온다. 나는 새끼를 밴 미국쇠오리는 보았지만, 얼굴에 초승달이 그려진 환상적인 푸른날개쇠오리는 봄과 가을에만 볼 수 있다. 나는 이곳에서 1977년에 처음 아메리카원앙을 보았다. 지금은 짝을 이루어 둥지를 튼 아메리카원앙이 많다.

목도리댕기흰죽지는 이따금 이동 중에 나타났다가 다시 날아간다. 바다비오리도 가끔 소금물에서 연못으로 날아온다. 1985년에 넓적부리 한 마리가 블랙워터 연못에서 봄날의 아침을 보냈다. 1991년 늦은 3월에는 관머리비오리 한 마리가 오크헤드 연못에 나타났다.

연못의 겨울 오리에는 수가 많은 큰머리흰뺨오리, 흰뺨오리, 물닭, 얼룩부리논병아리가 포함된다. 그들은 4월이 되어도 한참을 더 머문다.

5월에는, 이건 목숨을 걸어도 될 만큼 확실한 일인데, 아비새가 이른 아침에 울면서 숲과 연못 그리고 마을 위로 날아갈 것이다.

검은등갈매기와 재갈매기는 연못에 풍덩 뛰어들어 소금기를 씻어낸다. 여름에는 이따금 리스트턴제비갈매기과의 새이 그레이트 연못으로 날아와 배를 채운다.

순간의 망설임도 없이 머리 위로 날아가는 무리가 아닌, 짝을 지어 둥지를 틀고 일 년 내내 머무는 부모와 청소년기의 캐나다기러기는 야생적이기도 하고 길들여진 면도 있다. 그들은 공중에서는 시끄럽지만, 연못에서 둥지를 틀고 있는 동안에는 은밀히 행동한다. 어떤 해에는 새끼가 많고, 어떤 해에는 거의 없다. 그에 대해서는 거북에게 물어보라.

어느 해 봄에 나는 새끼들이 있는 기러기 가족을 매일 찾아갔는데, 날개가 제대로 발육하지 않은 새끼 기러기가 한 마리 있었다. 다른 부분은 정상적으로 자랐고, 다른 깃털들도 피부를 뚫고 나와 길어졌지만 날개는 자라지도 않고 깃털도 안 났다. 새끼 기러기는 어느 날 밤 불량품의 망각 속으로, 자연의 검은 목구멍 안으로, 다음 기회로 사라졌다. 남은 가족은 곧 나에게 낯을 가리지 않게 되어 연못가에 누워 있는 내 몸에 기어오르거나, 소나무 밑에서 나를 기다리다가 내가 나타나면 한무리가 잿빛 웃음소리를 내며 우르르 뛰쳐나왔다.

8월쯤 새끼들이 훨훨 날아다니게 되면 부모는 그들을 데리고 연못을 떠나 늪과 해안으로 내려간다. 그들 중 일부는 소금물 가까이에서 겨울을 보내게 될 것이다. 나머지는 새로운 고향을 찾아 날아간다.

봄의 연못 물은 끊임없이 뒤척이는 푸른 양모 같다. 그 무겁고 차가운 물이 연못의 검은 바닥으로 내려가고, 그 무게에 밀린 바닥의 물이 흔들리며 위로 올라와 연못 분지를 야생의 영양으로 채운다. 그건 연례행사로 한 해의 식욕을 만족시키기 위해 필요한 것이다. 늦은 봄이 되면 초록 풀과 갈대들이 올라오고, 수련의 첫 잎들도 보인다. 바람은 잠잠해진다.

나는 그레이트 연못가에 앉는다. 아침의 빛이 안개를 흩어놓기 시작한다. 연못 위에 기러기 두 마리가 떠다닌다. 그 아래로 물에 비친 그들의 그림자가 미끄러져 가고, 그 사이로 새끼 다섯 마리가 헤엄친다. 새끼들은 풀로 덮인 작은 언덕 모양의 탄생지에서 나온 지 얼마 안 되었는데도 벌써 이 유리알처럼 매끄러운 길을 열성적으로 미끄러져 나아간다. 그들은 허기를 알자마자 좀개구리밥, 곤충들, 풀 끄트머리를 향해 고개를 내민다.

이따금 나는 몸을 기울여 물을 들여다본다. 연못 물은 거칠고 정직한 거울이다. 내 시선뿐 아니라 사방에서 물그림자에 합쳐 드는 세상의 후광도 비춘다. 그러니까 연못을 가로질러 날아다니며 노래를 조금 부르는 제비들은 내 어깨 위로, 머리칼 사이로 날아다니는 것이다. 진흙 바닥을 천천히 지나가는 거북은 내 광대뼈를 만지는 것이다. 내가 이 순간 똑딱거리는 시계의 소리를 듣는다면 그 소리가 무엇인지, 무엇을 의미하는지 기억할 수 있을까?

이제 여름이고, 기러기들은 자랐고, 갈대는 빛의 파편들이 가득한 수염 기른 초록 털뭉치 같다. 연못 저편에 털부처꽃(여기선 외래종이지만 그게 어떤 의미일까. 무모할 정도로 화려하다)이 피었다. 여우 한 마리가 숲에서 나온다. 빛나는 어깨, 좁은 우윳빛 가슴. 그 야생의 눈이 기러기를 응시한다. 여우는 우아하게 연못가로 걸어와 차분히 물을 마신다. 그러다 날렵한 머리를 들어 뚝 소리가 나게 홱 돌려 다시 기러기를 살펴본다. 어쩌면 나도 보고 있는 건지 모른다. 하지만 나는 잔뜩 숨을 죽이고 반쯤 숨어 있다. 바람도 내 편이다. 나는 진흙 속에 발을 둔 하나의 돌이다. 내가 지켜보고 있는 동안 여우는 자줏빛 꽃들 옆에 눕는다. 여우는 한참이나 기러기들을 지켜보다가 어깨를 으쓱하더니 유연한 몸으로 잎사귀와 꽃 사이에서 편안한 자세를 취한다. 그리고 잠이 든다.

치어

작은 물고기 수천 마리가 여울에서 헤엄친다. 하나의 무리, 물의 무게 아래 물고기 떼, 물속 깊이 내려갔다 올라왔다, 느슨한 등뼈. 노 젓는 지느러미들이 미세하고 정확하다. 그들은 에너지 덩어리들이다. 골무 하나에 여섯 마리는 들어갈 듯하고, 거즈 무늬에 광택이 나며 투명해서 몸속 식욕의 파이프라인이 선명하게 보인다. 수천, 수만—무지개 무리, 하나의 떼, 거대한 집단, 그럼에도 마치 하나의 무지개, 하나의 날개, 하나의 물건, 한 여행자처럼 움직인다. 그들의 벌린 입들, 규조류를 끌어들이는 맹렬한 쳇구멍들. 그들은 오른쪽으로, 왼쪽으로 돈다. 돌진하고, 제자리에서 맴돈다……

여름이라 황혼이 길다. 나는 물속을 들여다보고 또 들여다본다. 그러면서 나에게 말한다. **어떤 게 나지?**

삶의 동반자들

나의 친구 월트 휘트먼

1950년대 오하이오에서 나는 온전하고 기민한 정신으로 나의 가장 훌륭하고 방종한 성향들에 충실케 하는 친구 몇 명이 있었다. 내가 살던 곳은 미국의 다른 소도시들에 비해 시詩에 더 적합하다고도, 덜 적합하다고도 할 수 없었다. 나는 고독한 어린 시절의 특별한 사례는 되지 못한다. 그 시대와 장소의 주류에서 벗어나 있었던 건, 나에게 가능했던 모든 삶 중에서 내가 선택한 피할 수 없는 삶의 전제 조건이었음이 분명하다.

물론 나는 일반적인 방식으로 친구들을 만난 적이 없다. 그들은 낯선 존재들이었고, 그들의 글 속에서만 살았다. 그들은 그림자 동무들이었을지언정 변함없고, 강력하며, 놀라웠다. 그들은 경이로운 이야기들을 했고, 내겐 그 이야기가 세상을 바꿨다.

이 시간에 나는 은밀하게 말한다,
모두에게는 아닐지라도 그대에게는 말할 것이다.
— 휘트먼의 시 「나 자신의 노래Song of Myself」 중에서

휘트먼은 나에겐 없는 남자 형제였다. 내게도 사랑하는 삼촌이 있었지만, 그는 어느 비 내리는 가을날 스스로 목숨을 끊었다. 휘트먼은 내 곁에 남았으며, 어쩌면 삼촌의 죽음으로 인해 더 삼촌 같은 존재가 되었다. 그는 내가 여동생과 함께 조랑말을 데리고 도시에서 벗어나 먼 들판으로 딸기를 따러 갈 때 동행했던 집시 소년이었다. 루마니아에서 온 그 소년은 떠났고, 휘트먼은 책과 공책들, 진흙투성이 장화, 할아버지의 낡은 언더우드 타자기로 점점 더 복잡해지는 내 방의 황혼 속에서 빛났다.

> 나의 목소리는 나의 눈이 닿을 수 없는 것을 추구하고,
> 나는 혀를 놀려 세상을 아우른다.
>
> —「나 자신의 노래」 중에서

내가 다닌 고등학교에서 비행 청소년 문제가 생겼을 때, 나는 매일 아침 학교를 향해 출발했다가 대부분 책이 든 배낭을 메고 학교 대신 숲으로 들어갔다. 책들 사이엔 늘 휘트먼이 있었다. 나의 무단결석은 극단에 이르렀고, 부모님은 내가 졸업을 하지 못할 수도 있다는 경고를 받았다. 무슨 이유에선지 부모님은 나를 마음대로 하게 내버려 두었다. 그건 특이한 축복이긴 했으나 그래도 축복이었다. 나는 개울가나 깊은 숲 저편에서 찾아낸 넓은 목초지에 앉아 내 친구이자 형제이자 삼촌이자 최고의 선생님과 시간을 보냈다.

나방과 물고기 알은 제자리에 있다,

내가 보는 태양들과 내가 보지 못하는 태양들도 제자리에 있다,

손으로 만질 수 있는 것도 손으로 만질 수 없는 것도 제자리에
있다.

—「나 자신의 노래」 중에서

그리하여 휘트먼의 시들은 내가 시를 쓰기 시작했을 때 표현
의 모델로 내 앞에 서 있었다. 휘트먼의 시를 관통하는 바다와
도 같은 힘과 굉음을 말하는 것이다. 그 마술적 구문, 그 무한
한 긍정. 당시엔 진실이 손에 잘 잡히지 않았다. 내가 진실을 인
지하고 그걸 담아낼 수 있다는 믿음 또한 마찬가지였다. 휘트
먼은 내가 더 심각한 불확실성의 늪에 빠지지 않도록 해주었
고, 나는 그의 확신과 호기가 밝힌 빛 안에서 많은 시간을 보
냈다. "문들의 자물쇠를 뜯어내라! 문설주에서 문 자체를 뜯어내
라!"(「나 자신의 노래」 중에서) 그리고 그가 시에서 창조해낸 열
정이 있었다. 그 형이상학적 호기심! 그는 예언자적 애정을 품
고 세상을 보았다. 세상의 거칠음, 다름들, 별들, 거미, 그 무엇
도 그의 관심 밖에 있지 않았다. 나는 그의 말들의 특이성에 탐
닉했다. 그리고 그의 믿음, 그의 믿음은 내가 들어본 적 있는 이
름은 아니었지만, 확실히 내 기분을 들뜨게 했다. "그대는 내가
어떤 복잡한 목적을 갖고 있다고 여기는가? 그렇다⋯⋯ 4월의
비도 그걸 갖고 있고, 바위 옆구리 돌비늘도 그걸 갖고 있으니

까."(「나 자신의 노래」 중에서)

　　하지만 다른 무엇보다도 나는 휘트먼에게 시가 하나의 신전 혹은 푸른 들판, 그 안으로 들어가서 느낄 수 있는 장소임을 배웠다. 시는 단지 부차적인 방식으로만 지적인 것—문명의 산물, 품위 있고 원기 왕성한 장황함의 순간—이다. 그 부분도 경이롭지만 말이다. 나는 시가 단지 존재하기 위해서만이 아니라 말하기 위해, 동무가 되기 위해 쓰인다는 걸 배웠다. 모든 것이 필요할 때 시는 필요한 모든 것이었다. 나는 숲으로 들어가는 그 헝클어진 미묘한 길과 배낭 속 책들의 무게를 기억한다. 나는 그 어슬렁거림과 빈둥거림을 기억한다. 휘트먼과 함께 "바지 끝을 장화 속에 집어넣고 가서 즐거운 시간을 가졌던"(「나 자신의 노래」 중에서) 경이로운 날들을 기억한다.

삶에 대한 열정을 가진 네 명의 동반자들

나는 올해 학생들을 가르치고 있는데, 그건 자주 있는 일이 아니라 꽤 바쁘다―매우 바쁘다. 그러다 보니 지나가는 날들에서 더 많은 시간과 활력을 짜낼 것을 요구하는 내면의 불만을 빈번히 듣게 된다. 나는 가르치는 걸 좋아하긴 하지만 다른 것들―쓰기와 걷기, 그리고 물론 모든 시인이 해야만 하는 중요한 일인 '빈둥거리기와 꿈꾸기'―을 포기하고 싶진 않다. 최근 이러한 나의 상태에 고마운 해결책이 되어줄 열정과 에너지를 지닌 몇 명의 친숙한 작가들 책에 손이 가는 나를 발견한다.

물론 나는 늘 하나 이상의 삶을 살고 있다. 책을 읽는 우리 모두가 그러하지 않은가? 나는 학생들의 시가 든 서류철을 들고 세 시 반 수업을 하러 가고 있다. 하지만 빛으로 만든 옷을 입고 있는 것처럼 캠퍼스를 가로지른다. 나는 실제로 알래스카에서 존 뮤어John Muir, 스코틀랜드 태생의 미국인 자연탐험가이자 빙하연구가이자 작가와 함께 한두 개의 빙하를 지나거나, 바다에서 헨리 베스턴Henry Beston, 미국의 자연주의 작가과 함께 호를 이룬 물마루를 들여다보거나, 가뭄으로 갈라진 들판에서 J. 앙리 파브르와 함께 여름의 매미―"작은 루비 망원경 같은 세 개의 홑눈……"(『파브르

곤충기』 중에서)을 가진―를 관찰한다. 혹은 오듀본과 함께 루이지애나의 초록 숲속 빈터가 아닌 영국의 추운 방에 있는데, 그는 그림을 그린다―"피로를 느끼지 않고 14시간을."(오듀본의 일기 중에서) 생각해보라! 붓에 물감을 찍고, 캔버스 위에서 섬세하게 붓을 움직여 구릿빛 깃털을 가진 새의 깃털들을 하나하나 그리는 것이다. 수백 개의 작고 완벽한 구리 방패들.

오듀본의 글들은 기이하다. 공인으로서의 그는 가식으로 가득하여 그의 모험들에는 진흙과 삶이 제거되어 있다. 슬픈 일이다! 하지만 영국에서 사는 동안 아내를 위해 일기를 썼던 사인私人으로서의 그는 태평하고, 근면하며, 웅변적이다. 공인으로서의 그가 야심으로 매력적인 것처럼 사인으로서의 그는 천성적으로 매력이 넘친다.

그리고 그의 저돌적 자아―그는 **모든 새**를 미국에서 그리려 했다―는 소년 같은 호기심, 에너지와 조화를 이룬다. 그는 늘 동트기 전에 일어나 어느 시골 저택에서 살금살금 나와 산책을 한다. 도시 장터에서 되새 두 마리를 사서 풀어주고 양손으로 동시에 그림을 그려 구경꾼에게 즐거움을 선사한다. 굶어 죽기 직전의 소년을 만나자 자신의 옷과 돈을 준다. 요크에서는 저녁 때 개울가를 따라 걷다가 옷을 벗어 던지고 "개울에 풍덩 뛰어든다."(오듀본의 일기 중에서) 이른 아침에 수 마일을 걸어 지인 집에 찾아갔다가 그가 아직 곤히 자고 있는 걸 보고 "나는 그가 자는 네 시간 반 동안 삶을 즐긴 것이다"(오듀본의 일기 중에서)라고 생각한다. 그리고 날마다 그림을 그린다. 어마어마한 에너지다.

오듀본이 미국으로 돌아가기 위해 영국을 떠난 해인 1829년에 파브르는 여섯 살이었다. 본인의 말에 따르면 그는 이미 조부모님 농장에서 신기한 것들을 많이 관찰했다. 파브르는 단연 최고의 관찰자가 될 인물이었다. 그의 주제인 곤충들의 세계를 보고 싫어하지 말라. 파브르는 또 하나의 걸리버다. 그는 본능과 학습된 행위의 경계를 찾는 일에 인내심과 열정을 아끼지 않았으며, 곤충 왕국에 대한 그의 설명은 기적에 가깝다. 그는 게거미에 대해 "그들 중에는 우아한 숙녀들이 있다. 다리에는 분홍색 팔찌를 잔뜩 차고, 등은 심홍색 아라베스크무늬로 장식하고……"라고 쓴다. 먹잇감에 접근하는 사마귀가 그의 눈에는 이렇게 보인다. "원래 접어서 가슴에 붙이고 있던 살인적인 다리들을 넓게 벌려 몸과 십자 모양을 이루게 한 뒤, 가운데에 흰 점이 찍힌 검은 얼룩무늬가 있고 그 아래엔 구슬이 줄줄이 장식된 겨드랑이를 드러낸다."

사냥벌을 연구하러 가는 길의 자신에 대한 묘사도 경이롭다. "커다란 우산은 일사병을 막아준다. 연중 가장 더운 날이고, 땡볕 더위가 기승을 부리는 시간이다. 매미들도 무더위에 탈진하여 조용하다. 청동색 눈을 가진 쇠가죽파리들은 나의 비단결처럼 매끄러운 피난처 지붕 아래서 무자비한 태양을 피하고……." 그렇게 그는 88년을 나아간다. 얼마나 멋진 본보기인가. 얼마나 길고 행복한 삶인가!

헨리 베스턴이 케이프코드 해변 끝자락에 있는, 그가 포캐슬이라고 부른 작은 집에 살면서 쓴 책은 오랫동안 많은 독자의 사랑을 받아왔다. 그럼에도『세상 끝의 집The Outermost House』은 영원히 새롭다. 1928년에 처음 출간되어 아직도 절판되지 않았으니, 내가 아는 그 어느 책보다 시간을 초월한 작품이다. 한 눈은 종이에, 한 눈은 창문 밖에 펼쳐진 푸른 세계에 두고 쓴 책이 있다면 바로 이 책이다. 베스턴은 **그곳 바깥에서** 벌어지는 의식儀式을, 한 해가 천천히, 절묘하게, 힘차게 바뀌어가는 것을 본다. 우리는『세상 끝의 집』을 아무리 여러 번 읽었어도, 매번 읽을 때마다 베스턴의 주목과 글을 통해 땅과 바다에서의 참된 삶이 지닌 여러 단면들을 새로이 보게 된다.

그는 자신의 한결같은 동반자인 파도의 묘사에 장章 하나를 통째로 할애하여—짧은 장도 아니다—그 형태, 긴 소요, 그리고 "물이 내는 소음의 파편들, 물보라를 일으키며 튀어 오르는 소리와 떨어지는 소리, 술렁거림, 거품을 일으키며 소용돌이치는 소리, 철썩거림, 졸졸거림"을 지닌 에너지에 대해 이야기한다. "우리가 보는 것의 경이로움에 대해 생각하라"라고 말한다. 그는 고요한 날, 바람이 거세게 부는 날, 폭풍우 치는 기나긴 날, 그리고 밤—할 수만 있다면 잠을 포기하고서라도 늘 호기심과 활동성을 유지하고자 하는 또 하나의 지구인이 여기 있으니까—에 해변으로 올라오는 파도에 대해 묘사한다. "폭풍 파도…… **맷돌 가는 소리**, 그리고 이 길고 음침한 맷돌 가는 소리, 모든 뱃사람들을 극도의 공포로 몰아넣는 소리…… 포효하며 밀려왔다가 해변에서 부서지며 모래 위를 느릿느릿 움직이는 파도의 외침."

베스턴이 가끔 고요한 날들에 멀리까지 내다보던 푸른색 웅덩이 같은 여름 바다의 "푸른 꽃잎색"은 왠지 존 뮤어가 발견하고 탐사하면서 묘사한 빙하들—타쿠와 스티킨, 혹은 뮤어 빙하 자체—을 연상시킨다. 뮤어는 그의 책 『알래스카 여행Travels in Alaska』에서 뮤어 빙하에 대해 이렇게 쓰고 있다. "나는 이 장엄한 얼음 강을 걸어 올라가는 것이 몹시도 즐거웠다. 깊이 갈라진 틈들과 빙하구혈들, 샘들 속 연푸른색의 형언할 수 없으리만치 고운 빛, 하늘색 얼음 분지들 안의 무수한 하늘색 웅덩이들, 마찰 없는 수로들의 연결망을 이루며 경이롭도록 우아한 동작으로 미끄러지듯 흐르거나 소용돌이치는 크고 작은 빙류氷流들……" 아멘. 하지만 이건 그저 하나의 문장일 뿐이다. 더 많은 것을 만날 준비가 되었는가? 존 뮤어는 준비가 되어 있다. 안달하며 단 하루도 게으름에 넘겨주고 싶어 하지 않는 그는 늘 기어오르고, 관찰하고, 묘사하면서 움직인다. 등산지팡이와 늘 허기진 마음을 지닌 청년, 성인, 노인.

뮤어 빙하에서 그는 빛 때문에 눈에 염증을 얻는다. 그래서 거의 볼 수가 없다. 그는 눈雪으로 습포를 만들고 고글도 만든다. "작은 깡통"에 불을 밝혀 "작은, 내가 이제껏 만들거나 본

중에서 가장 작은 캠프파이어"를 만들고 차 한 잔을 마신다. 그리고 곧 "기력을 되찾고" 일어나서 다시 빙하의 빛나는 표면을 탐사한다. "나는 12마일약 19킬로미터을 걸은 뒤 크래커 한 개를 먹고 야영 계획을 세웠다"라고 그는 다른 날 말한다. 하늘에선 북녘의 빛들이 흐르고 "그러자 나는 잠이 싹 달아나서 내 오두막으로 달려 들어가 모포를 들고 나와 빙퇴석 위에 누워, 내 시야에 닿는 그 눈부시게 아름다운 밤하늘의 경이들을 단 하나도 놓치지 않으려고 동이 틀 때까지 하늘을 지켜보았다."

그리고 나 또한 많은 것을 알게 되고, 압도되고, 기력을 되찾는다. 더 이상 너무 바쁘지도, 지치지도 않는다. 가까운 장래에 또 빙하가, 바다가, 햇볕이 쨍쨍 내리쬐는 시골이, 검은 개울이, 18마일약 29킬로미터 걷기가 있을까? 물론이다. 그리고 그런 최고의 동반자와 함께라면 나는 어디든 갈 준비가 되어 있다.

스티플톱

전화벨이 울렸다. 에드나 밀레이였다. 그녀는 히스테리에 가까운 상태로 울고 있었다. 그는 그녀가 술을 마시고 있다고 생각했다. 그녀는 조지 딜런을 찾고 있다고 말했다.

작가들 중에서도 전기작가에겐 기도가, 그리고 그 기도에 대한 응답이 필요하다. 깔끔한 산문의 우아한 각도와 굴곡들이야 언어를 갈고 다듬어 얻을 수 있다 해도, 자료 자체는 어쩔 것인가? 충분히 많이 그리고 확실하게 알려졌다는 걸 전기작가가 어떻게 알 수 있겠는가? 비밀들은 어쩌고, 실수들은 또 어쩌고, 아무것도 없는 작고 검은 구멍들은 어쩔 것인가? 중요하지 않은 등장인물 간의 논쟁, 사려 깊거나 그리 사려 깊지 않은 이유로 사실이 은폐되거나 잘못 다루어지는 것—심지어 현재도 아닌 과거의 편지나 대화에 대한 기억, 종이 뭉치 속에 숨겨지는 것—은 또 어쩔 것인가? 인생 자체의 종작 없음(무작위적 경향), 어떤 종이는 날려버리고 어떤 종이는 그대로 두는 갑작스럽고 무의미한 한 줄기 바람은 어쩔 것인가? 세상에 대고 말하지만 한밤중에, 듣지 못하는 귀들에게 말해서 전혀 들리지 않는 건 어쩔 것인가?

나는 중국의 차茶를 다 준다고 해도 전기작가가 되지는 않을 생각이다.

1

1925년, 시인 에드나 St. 빈센트 밀레이와 그녀의 남편 유진 보이스베인은 뉴욕 북부 오스터리츠 부근 농가와 그 주위의 땅 8백 에이커약 98만 평 정도를 사들였다. 그 농가는 이십오 년간 그들의 집이 된다. 그들은 그 지역에 흔한 야생화 이름을 따서 집을 스티플톱steepletop, '첨탑 꼭대기'라는 뜻이라고 불렀다. 주로 들에서 자라는 스티플톱은 약간 기울어진 첨탑 꼭대기 모양의 작은 연분홍—가끔 진분홍도 있다—꽃이다.

보이스베인이 1949년 늦여름에, 밀레이는 일 년 남짓 더 지나서 죽자 시인의 여동생인 노마 밀레이 엘리스와 그녀의 남편 찰스 엘리스가 그곳에서 살게 되었다. 그때 나는 열다섯 살이었고, 시를 읽으며 시를 쓰고 싶어 하는 오하이오의 한 여학생이었다. 나는 노마 밀레이에게 스티플톱을 방문해도 되는지 묻는 편지를 보냈고, 그녀는 그래도 된다고 답해주었다. 나는 고등학교를 졸업한 다음 날 아침인 1953년 7월에 오하이오를 떠났다. 차를 몰아 오하이오를 가로지르고 펜실베이니아를 지나 뉴욕 오스터리츠까지 갔는데, 마을에서 벗어나 시인의 집이 있

는 구릉으로 올라가는 구불구불한 흙길을 발견하는 데 이틀
이 걸렸다.

나는 그 집에서 사흘을 머물렀다. 그리고 여름이 끝날 무렵
에, 다음 겨울에 그곳을 다시 찾았으며 후에는 아예 입주 형식
으로 들어가게 되었다.

거기서 나는 비서, 조수, 말벗이라는 안전하고 모호한 공적
이름을 갖게 되었다. 물론 그 이름들이 본질을 말해주진 않는
다. 나는 언니의 문학적 재산의 집행자로서 맡게 된 임무들과
힘이 영광인 동시에 짐이기도 한 까다롭고 자기중심적인 여자
와 함께 살게 된 것이다. 그 몇 개월 동안 나는 유용하고, 붙임
성 있고, 싹싹하고, 충성스러워졌다. 그때 나는 어렸고, 시인의
유품들이 남아 있는 그 집에서 산다는 게 몹시도 감격스러웠
다. 노마는 괴짜이긴 했지만 지적이고, 시원스럽고, 다정하고,
설득력 있고, 극적이기도 했다. 확실히 내가 오하이오에서는 볼
수 없던 인물이었다.

찰리와 노마는 나를 가족의 일원처럼 대해주고 친절을 베풀
었으며, 시인의 삶에 대해 솔직하게 이야기해주었다. 어떤 이야
기들은 확실하게 잊혔고, 어떤 이야기들은 내 마음속에 **박혔다**.
어떤 이야기들은 밀레이 자매가 메인주에서 보낸 어린 시절까
지 거슬러 올라갔고, 어떤 이야기들은 뉴욕 시절의 직업적인
문제들에 관한 것들이었으며, 또 어떤 이야기들은 스티플톱에
서의 삶을 담고 있었다. 그리고 이야기 대부분은 우리가 세상

을 떠난 그리운 사람에 대해 기억하게 되는 일화들에 지나지
않았다.

거기엔 질병과 섹스, 다양한 종류의 나약함 그리고 다른 사
람들과 관련된 덜 행복한 이야기들도 있었다. 노마는 그것들
을 '비밀'이라 불렀고, 그 단어를 통해 나에게 친밀감을 표현하
면서(내게 '비밀들'을 말해준 것이니까), 내게 정보를 준 뒤에도
그 정보를 통제하려 했다(나는 그 비밀들을 안고 있으되 그것
들을 가지고 아무것도 해선 안 됐다). 그녀는 그 이야기들을 몹
시도 은밀하게 들려주며 대중에게 알려지면 시인의 명예를 손
상시키거나 아직 생존해 있는 사람들에게 피해를 줄 수 있음을
내게 이해시켰다. 그 이야기들은 사람들 입에 오르내리기엔 너
무 사적이거나, 불가해하거나, 슬프거나, 어리석다는 것이었다.
일부의 경우엔 그런 의견이 타당하게 느껴졌다. 그렇다면 그녀
는 내가 그 '비밀들'을 어떻게 하기를 기대했을까? 모르겠다. 내
가 아는 건 그 비밀들을 털어놓는 게 노마에겐 분명 하나의 위
안이 되었다는 것, 그리고 비록 혼란스럽고 달콤하고 가끔 짐
스럽기도 했지만 그것들이 내 몫이었다는 것이다. 내 일은 주로
듣고 기억하는 것이었다.

노마 밀레이는 언니의 서류들을 정리하는 작업을 하려고 식
당에 사무실을 만들었다.[*] 그 우아한 공간에 세로 홈 장식들과
레이스, 시인이 플로리다와 다른 해변에서 주워 온 작은 섬광

석 같은 조개껍데기가 가득한 코너 장 옆에 서류 캐비닛들이 서 있었다. 노마 밀레이는 정리정돈을 잘하는 편이 아니어서 그 방에는 이미 처리되거나 곧, 아니면 결국엔 처리될 자료들이 여기저기 너저분하게 쌓여 있었다.

납작한 구식 여행 가방 하나가 벽에 기대어 세워져 있었고, 그 위로 서류와 책, 상자들이 쌓여 있었다. 어느 날 노마가 말하기를 그 여행 가방 안에 조지 딜런이 에드나 밀레이에게 쓴 편지들이 들어 있다고 했다. 나는 그때쯤엔 이미 암시와 시사의 언어를 터득한 상태였다―그 여행 가방은 컸다. 나는 그 이야기들을 하나하나 듣기 시작했다. 깊고 넓은 열정, 모험, 동요, 희생, 그 외의 가슴 찢어지는 모든 것이 담긴 이야기들. 에드나 밀레이와 조지 딜런의 관계는 납처럼 무겁진 않아도 꽤 무거운 비밀 중 하나였다. "명심해, 절대 말하면 안 돼!" 노마는 늘 하는 두 가지 경고를 하나의 문장에 박아 넣어 그렇게 말하곤 했다. 당시에 조지 딜런은 아직 생존해 있었다. 그때는 지금보다 더 순수하진 않았더라도 더 사적인 시대였고, 아무리 무미건조한 이름을 붙여도 두 사람은 '혼외 관계'였다. 당시 시인들은 고

---

*밀레이 자신은 그런 사무실을 두지 않았고 자기 침실이나 서재, 혹은 오스터리츠의 로버트 헤론 씨가 지어준 작은 오두막에서 시를 썼다. 그 오두막은 집에서 좀 떨어진 어린 스트로브잣나무 사이에 있었다.

백을 향해 돌진하지 않았고, 독자들도 서둘러 결론을 내리지 않았다. 나는 밀레이의 다른 연애들에 대해서도 그것들이 어떻게 불타오르고 어떻게 그을리고 어떻게 끝났는지에 대해 들었다. 하지만 조지 딜런과의 관계는 달랐다. 사그라지지 않았다. 수년간 세 사람, 밀레이와 딜런과 보이스베인은 그 관계와 타협해야 했다.

다른 생각들도 떠오른다. 극적인 성향이 가끔은 격해지고 가끔은 둔해지기도 하지만 결코 완전히 가라앉지는 않았던 노마는, 이 연애 사건을(그리고 다른 문제들도) 강력하게 비밀이라고 부르며 내 관심을 자극하고 심지어 선동하기까지 한 것은 아니었을까? 물론 그랬다. 사실 당시엔 사람들 사이에서 밀레이에 대한 관심이 대단히 높지는 않았다. 밀레이의 삶은 어느 정도는 우리 가정의 드라마였다. 노마는 밀레이의 전기를 쓰겠다는 이야기도 지속적으로 했다. 내가 그녀의 물건들을 훔쳐서 도망갈까 봐 걱정했을 수도 있다.

아니다. 내 생각에 노마는 당시 나에게서 그녀에게 필요한, 아니면 적어도 그녀의 마음을 편안하게 해주는 무언가를 발견했을 것이다. 그녀는 자신이 전기를 쓸 능력이 있는지에 대해 의심했을 것이고, 글로 기록되지 않은 모든 것 중에서 무엇이 중요하고 무엇이 안 중요한지, 더 엄격하게 말하자면 어떤 것이 전기의 자료로 적절하고 어떤 것이 적절하지 않은지 구분하지 못하는 불편한 위치에 있었을 것이다. 그리고 나는 유일한 청중으로서 거기 있었다. 그리하여 수년간 중요하거나 사소한, 슬프고 즐거운 이야기들이 내 귀에 들어왔다. 나는 마법에 걸린 것처럼 느낄 때가 많았고 그 마법을 깨고 싶지 않아서 아무 질문도 하지 않았다. 그저 하던 일을 멈추고 이야기를 들었다. 어쩌면 수학 공식이었을 수도 있고, 노래였을 수도 있다.

2

에드나 밀레이는 이십 대에 경이로운 존재였음이 분명하다. 그녀는 불타오르는 듯한 빨간 머리, 극적인 옷차림, 관습을 가볍게 밟고 지나가는 시로 독자들의 마음에 불길처럼 번져나간 게 틀림없다. 규율을 깨본 적이 없는 독자들은 밀레이의 영향 아래, 관습에 대한 도전이 다른 방식으로는 발견할 수 없는 환희를 얻는 길이라고 믿으며 그것을 염원했을 것이다. 당시에 밀레이는 여성의 자유, 지성, 창조력이라는 기치를 든 사람 중 하나였다. 특히 한 청년에게 그녀는 그의 영리한 두뇌가 만난 가장 강력하고 경이로운 존재였을 것이다.

밀레이는 고드윈파, 더 정확히 말하면 셸리파라는 최고의 전통 속에서 열정과 양성평등, 배우자의 자유를 신봉했고, 실제로 어디 숨어서가 아니라 남편의 묵인 아래 연애를 했다. 아이디어 자체는 사실 새로운 것은 아니었다. 하지만 야성적인 빨간 머리의 서른다섯 살 먹은 시인을 포함한 한 개인이 아이디어에만 찬

성하는지 아니면 실천까지 하는지 누가 알 수 있겠는가.

나는 조지 딜런이라는 잘생긴 젊은 시인이자 대학생이 1927년 시카고에서 처음 에드나 밀레이를 만났을 때, 황당무계하고 무법 지대인 꿈속에서조차 그들이 그런 복잡한 미래를 맞이하리란 상상을 할 수 있었을 거라곤 생각하지 않는다. 내 말이 무슨 의미인지 알겠는가? 둘이 바로 서로에게 매료되었으리란 건 상상하기 쉬운 일이고, 최소한 한 명의 목격자에 의해 기록으로 남기도 했다. 하지만 그 순간이 수년간 지속되어 딜런이 환희, 시 그리고 최후의 깨지지 않는 침묵이라는 돌이킬 수 없는 길로 들어서게 될 줄은 그 누구도 짐작할 수 없었으리란 것이다. 운명은 설령 화려한 옷을 차려입었다고 해도 잠시 스쳐 지나갈 뿐인 엑스트라처럼 무대에 등장한다.

그들은 조지 딜런이 다니던 시카고 대학교에서 만났다. 딜런은 학생들이 주도하는 낭독 행사를 대표하여, 밀레이에게 11월 어느 날 저녁에 학교로 와서 그녀의 시들을 낭독해달라고 부탁했다. 시카고 대학교 대학원생이자 딜런의 친구였던 글래디스 캠벨의 미출간 논문에 그날 저녁에 대한 글이 있다.* 밀레이와 딜런, 그리고 캠벨은 무대 뒤에서 만났다. 유진 보이스베인도 그 자리에 있었다. 밀레이는 늘 그랬듯이 불안해했고, 보이스베

---

*샬럿빌에 위치한 버지니아 대학교 도서관 특별 소장본.

인은 든든하고 매력적인 모습이었다. 캠벨은 무대에 오른 밀레이가 낭독 전에 무대에 감도는 정적 속에서, 그녀 특유의 당당하면서도 교태 섞인 태도와 현실 세계보다는 정신 세계의 지리적 조건에서 나온 억양으로 낭독을 시작하던 순간을 기억한다. 캠벨은 그때 딜런이 흥분을 주체하지 못하여 그녀의 손목을 꽉 잡았다고 회고한다. 나중에 밀레이와 딜런은 한 친구의 집에서 대화를 나누었고, 딜런은 자신의 시 몇 편을 낭송했다. 그 만남 이후로 두 사람은 편지를 주고받게 되었다. 이듬해 여름에 딜런은 처음으로 스티플톱을 방문했다.

글래디스 캠벨을 비롯해 청년 조지 딜런에 대해 아는 사람들은 그가 정신적으로 성숙했고, 신중한 성격이었으며, 놀랄 만큼 외모가 빼어났다고 회고한다. 그는 키가 크고 말랐으며 수영도 잘하고 장거리달리기 선수인 데다, 흠잡을 곳 없는 매너를 지닌 청년이었다. 당시 그는 편집장 해리엇 먼로의 초빙으로 이 년째 시 전문 잡지 〈포이트리Poetry〉에서 부편집인으로 일하고 있었다. 그리고 바이킹 출판사에서 첫 시집 『바람 속의 소년 Boy in the Wind』을 출간한 직후였는데, 시집에는 정형시의 형식으로 불보다는 연기를 표현한 젊고 서정적인 시들이 담겨 있었다. 그 연기는 우아한 것이었다. 시에 대한 그의 태도는 정중하다고 할 수 있었으나, 시들 자체는 약간 공허했다. 어쩌면 그의 남다른 신중함으로 인해 사람들이 흔히 청년의 글과 결부 짓는 혁신이나 격정에 제동이 걸린 것인지도 모른다. 그 책은 음악적이고, 약간 김이 빠져 있다. 딜런은 주제를 기다리는 재능 있는 시인이었던 듯하다.

에드나 밀레이와 조지 딜런 사이의 연애의 열기, 맛, 운명성, 환희, 이별들, 일상성, 잔혹성, 교활함, 재미, 강렬함 같은 것들을 찾고 싶다면, 그것들을 찾아내야만 한다고 느낀다면 많은 암시가, 그리고 분명한 언급이 편지와 시와 주소에 담겨 있다. 그들의 연애는 수년간 이어졌다. 딜런은 스티플톱에 살러 왔고 뉴욕에서도 함께였으며, 나중에 딜런이 파리 라마르틴 광장 근처에 아파트를 갖게 됐을 때도, 유진이 메인주 래기드 섬에 가 있는 동안 스티플톱에서도 지속됐다. 밀레이의 소네트 연작『치명적 인터뷰Fatal Interview』는 그것에 대해 노래했고, 조지 딜런의 두 번째이자 마지막 시집『꽃 피는 돌The Flowering Stone』도 그랬다. 두 책은 1931년에 출간되었다.*

그들은 사적으로나 시 속에서가 아닌 일반적인 세상에서는

---

*나는 그럴 것임을 확실하게 알고 있지만 그래도 쓰고 보니 그것이 추정임을 느낀다. 따라서 이렇게 수정하도록 하겠다. "두 권의 책『치명적 인터뷰』와 『꽃 피는 돌』은 그들의 연애 몇 년이 지난 직후에 쓰였다." 편지들(밀레이가 딜런에게 보낸)에『치명적 인터뷰』의 소네트들은 딜런에게 보내거나 딜런에 대한 것들이라는 내용이 있다. 그러니까 나는 의심에 대해서가 아니라 다른 것에 대해 이야기하고 있는 것이다. 꼭 필요한 조심성, 그 사건 자체의 견고한 복잡성, 영원히 걷히지 않을 안개에 대한 인정. 그 무엇도 완전히 침해할 수는 없는 위엄 말이다.

신중하게 열정을 불태웠다. 당시는 지금과 다른 세상이었다. 사적인 문제에 대한 대중의 관심이 아직 형성되지 않은 상태였다. 하지만 한편으로 그들은 진실을 숨기지는 않았다. 엘리자베스 앳킨스의 책 『에드나 St. 빈센트 밀레이와 그녀의 시간Edna St. Vincent Millay and Her Times』*에 유진 보이스베인이 앳킨스에게 『치명적 인터뷰』의 시들이 그의 아내가 다른 남자와 맺은 관계에 기원을 두고 있음을 분명하게 밝히는 정보를—"내 원고 여백에 쓴 깊이 상처받은 논평에서"—제공했다는 내용이 있다.

그들은 가끔 파리에서 살았다. 조지 딜런은 보들레르의 『악의 꽃』의 시들을 번역하기 시작했다. 밀레이 또한 그렇게 하기 시작했고 곧 번역된 시들이 상당량에 이르러, 하퍼스 출판사에서 1936년에 공저로 책이 출간되었다. 그리고 그 용감한 마음은 모든 약속과 의도에도 불구하고 진실을 말했다.

노마가 해준 말에 따르면 그렇게 수년을 지낸 뒤 결국 보이스베인은 그들을 스티플톱에 남겨두고 홀로 섬으로 떠났다. 그러곤 밀레이에게 당신이 선택해야 한다고 말했다. 그래서 그녀는 그렇게 했다.

조지 딜런은 현세대에는 거의 알려져 있지 않지만, 그의 두

---

* 시카고 시카고 대학교 출판부, 1936년, 200쪽.

번째 시집 『꽃 피는 돌』은 1932년에 퓰리처상을 수상했다. 당시 스물다섯 살로 최연소 시인 수상자였다. 그의 초기 시들에서 볼 수 있었던 서정적 목소리는 이 시집에서 굵은 저음이 되었고, 분위기는 전체적으로 어두워졌다. 열정적이고 불가항력적인 인간의 사랑이 축제, 축하, 심지어 장수, 포기의 암시들에 의해 굴절된다. 이 시들의 어조에는 우리가 젊은 작가에게 기대하는 열렬함과 자기 확신이, 삶의 고통과 복잡성을 문질러 지워줄(성장해가는 사람은 지우지 않고) 그 힘과 열정이 보이지 않는다. 이 시들은 너무 이른 시기에 결론—퇴각하는 삶—의 느낌을 담고 있다. 뿌리까지 흔들린 감수성—폭풍에 시달린 뒤 간신히 살아남은 어린나무들 같은—을 노래한다.

> 진실로, 모든 게 끝났을 때, 칭송되는 경이로운 젊음,
> 달콤하고 수치스러운 시간, 충격적이고 달콤한
>   문제들,
> 이제 그의 삶은 발치에 낙엽이 흩어진 채 조용히 누워 있네,
> 연인이었던 것 말고는 아무것도 아닌 남자,
> 그는 그것이 기쁘네……*

---

*『꽃 피는 돌』(뉴욕 바이킹 출판사, 1931년), 30쪽.

110

만일 어떤 사람이 거의 눈에 띄지 않고 조용히 살기를 원한다면, 누가 그를 설득할 수 있을까? 조지 딜런은 계속해서 〈포이트리〉 편집자로 일하며 롱사르와 라신의 작품들을 번역했다. 하지만 시는 더 이상 쓰지 않았다. 그는 친구에게 보내는 편지에서—약간 말을 바꾸어 표현하자면—자신이 시를 쓰지 못하는 원인에 대해 연구했고, 그걸 알게 되었다고 생각하지만 이해와 치유는 거리가 먼 것이라고 말했다.*

결국 그는 〈포이트리〉에서 은퇴하여 사우스캐롤라이나주 찰스턴으로 갔다. 친구들은 그가 여전히 친절하고, 조용하고, 매너가 좋았다고 말한다. 아름다운 용모도 잃지 않았다고 한다. 그리고 늘 조용한 삶을 고수했다고 한다. 그의 책상 위에는 사진이 세 장 있었는데 하나는 그의 어머니, 하나는 시카고에서의 젊은 시절 친구, 그리고 또 하나는 에드나 밀레이의 것이었다고.

3

나는 1963년에 영국으로 갔다. 그때는 이미 스티플톱을 떠나 그곳에 가끔씩만 들르고 있었다. 누군가를 만나 사랑에 빠지

---

*버지니아 대학교 도서관 특별 소장.

자, 나는 그런 독립을 용납하지 않는 집착적인 소유욕에 의해 스티플톱에 매어 있었음을 깨닫게 되었던 것이다. 그래서 그곳을 떠났다.

내가 듣기론 노마는 여전히 언니에 대한 책을 쓸 계획이 있지만 쓰지 않고 있었다. 나는 1970년대에 스티플톱에 다시 한번 가봤는데, 물론 예전과는 모든 게 달랐다. 나는 더 이상 어린애가 아니었고, 더 이상 비밀을 듣고 싶지 않았으며, 옛 유대 관계는 조정되려 하지 않았다.

그동안은 스티플톱에서의 내 삶에 관해 자주 이야기하지 않았고, 밀레이나 밀레이와 딜런의 관계에 대해서는 거의 함구했다. 내가 알게 된 것을 알게 된 방식에는 프라이버시와 의리가 깊이 관련되어 있었다. 밀레이는 스티플톱에서 하나의 느낌, 하나의 혼, 그 집과 우리 삶의 중심이었다. 이 방 저 방에 서서 그녀가 방금 떠난 듯한, 찰나의 차이로 그녀를 완전히 놓친 듯한 기분을 느낄 때가 얼마나 많았던가. 어쩌면 내가 밀레이에 대해 알게 된 것들을 마음속에 간직하고 있는 건, 위안을 얻기 위한 매우 개인적인 목적 때문인지도 모른다. 그녀를 **아는 것**, 그녀의 사적인 미덕들과 어리석음들을 친밀하고 보호적이며 거래 불가능한 방식으로 인식하는 것이 주는 위안 말이다. 노마와 나의 관계는 나에 대한 밀레이의 이런 지배력을 약화시키지 않았고, 사실 그녀는 나를 그 집과 그 집에 깃든 혼에 더 단단히 묶어두는 방법들을 알고 있었다. "언니가 살아 있었더라면

너를 좋아했을 거야." 노마는 그렇게 말할 수 있었다. "넌 우리의 여동생이야." 그녀는 그렇게 말할 수 있었다. 그리고 그런 말들이 순전히 친절에서 나온 것은 아니었다.

그리고 이 말도 해야겠다. 나는 밀레이에 관한 재미있고, 복잡하며, 가끔은 용감하고 종종 섬뜩했던 이야기들을 그때도 믿었고 지금도 믿고 있다. 하지만 그것들은 노마의 이야기였다. 의심할 바 없이 두 자매는 다른 많은 것과 함께 친밀감, 침범, 이례적인 신뢰가 포함된 관계를 맺었었다. 나는 노마 밀레이가 내게 거짓말을 했으리라곤―적어도 의도적으로는―생각하지 않는다. 하지만 다른 사람에게 진실이라는 냉혹한 여신에 대한 책임을 지우는 건 어리석은 일이다. 노마는 자신이 아는 것들을 내게 이야기했고 거기엔 언니가 그녀에게 말해준 것들도, 노마가 지켜본 것들도, 그녀가 노마 밀레이의 관점에서 해석한 것들도 있었다.

그럼에도 나는 스티플톱과 밀레이와 딜런에 관해 이야기할 때가 있다. 그리고 세상은 무작위적이고 냉소적인 순간들로, 당신이 기대한 것보다 많은 걸 줄 만반의 태세를 갖추고 있다. 나와 이야기를 나눈 친구는 작가였고 그리 젊지 않았다. 내가 그 이야기를 조금 했을 때, 내가 조지 딜런의 이름을 말했을 때, 그는 턱수염을 매만졌고―나는 그의 은총의 순간에 대해 이야기하고 있는 것이다―당혹스러워하는 것처럼 보였다.

나의 작가 친구가 1949년인가 1950년 겨울에 당시 편집자로 몸담고 있던 한 시 잡지 사무실에서 밤늦게까지 일하고 있을 때였다. 전화벨이 울렸다. 에드나 밀레이였다. 그녀는 히스테리에 가까운 상태로 울고 있었다. 그는 그녀가 술을 마시고 있다고 생각했다. 그녀는 조지 딜런을 찾고 있다고 말했다.

헤르메스그리스 신화의 전령의 신가 희망의 신이라면 공포의 신이기도 하지 않을까? 그에겐 아주 훌륭한 조력자가 필요한데, 우리는 잡다한 세인들일 뿐이니까. 내 작가 친구는 밀레이에게 정신을 좀 추스르라고 말했다(그가 내게 들려준 말이다). 그는 딜런을 찾아내어 그녀의 말을 전달하겠다고 했다. 그리고 그들은 전화를 끊었다.

나의 작가 친구는 당시에 딜런이 휴가를 받아 캘리포니아에 가 있는 걸 알았다(그가 내게 들려준 말이다). 나의 작가 친구는 딜런을 찾아내려는 노력을 하지 않았다. 그는 밀레이의 말을 딜런에게 전하지 않았는데, 그건 무기력이나 수동성 때문이 아니라 다른 이유에서였다. 그는 딜런이(어떤 남자라도) 히스테릭한 여자(그의 표현이다), 특히 그가 잘 알지도 못하는 여자(그건 내 작가 친구의 가정이었다)의 말을 전해 들을 필요가 없다고 느꼈던 것이다. 그래서 딜런은 그 전화에 대해 영원히 알지 못했다. 그리고 자신의 말이 전해졌으리라 가정한 밀레이는 기대와 그 이후 이어진 침묵에 따른 행동을 취하게 되었을 것이다.

밀레이는 1950년 10월의 어느 추운 밤에 스티플톱에서 세상을 떠났다. 딜런은 1968년의 눈부신 달 5월에 사우스캐롤라이나에 있는 그의 집에서 죽음을 맞이했다.

언젠가 누군가가 밀레이 전기를 낼 것이며 거기엔 타인의 복잡하고, 힘겹고, 빛나는 삶에 대한 조심스럽고 배려 있는 연구를 통해 얻어낸 모든 것이 들어 있을 것이다. 그 전기는 확정적이지 않을 것이다. 그것은 최대한 진실하고 귀중할 것이다. 우리는 서로의 이야기꾼이 되어야 한다. 적어도 그런 노력을 기울여야 한다. 우리는 우리가 알지 못하는 아름다운 사람들에 대해 알고 싶어 한다. 알아야 할 **필요가 있다.** 하지만 그것은 하늘을 그리는 것과도 같다. 어떤 별들이 누락되거나, 잘못된 자리에 놓이거나, 잘못 해석되거나, 전혀 주목을 받지 못했을까? 나는 밀레이에 대해 많이 안다고 생각한다. 반 바구니쯤 되는 양일까? 누구든 타인의 삶에 대해 충분히 알 수 있을까? 우리는 그러기를 희망해야 한다. 하지만 위대한 이야기를 들려주는 건 무서운 일이다. 밤이 어둡다. 나는 가공할 힘을 지닌 바람의 소리를 듣는다. 한밤중의 전화벨 소리, 이해되거나 오해될 열정적인 말들을 듣는다. 나는 심장이 몸의 문간에서 긴 돌계단을 내려가 홀로 이 세상에서 나가는 걸 느낀다.

몇 가지 말들

숲속에는 매력적인 게 없다. 정원들은 매력적이고, 인공 동굴들도 그러하며, 매력적인 목축업과 농업의 풍경들—줄 맞추어 선 식물들, 느긋한 가축 떼, 들판에 서로 기대어 선 수확된 곡식 단—에는 평안함이 있다.

그리고 숲속에는 귀여운 게 없다. 수여우도 귀엽지 않고 새끼 여우들도 귀엽지 않다. 나는 그들이 모래언덕을 달려 오르내리는 걸 본다. 여우 한 마리가 더러워진 갈매기 날개를 물어오자 다른 녀석들이 달려들어 물어뜯는다. 작은 이빨을 딱딱거리며 금빛 풀 속으로 뛰어들었다 나왔다 한다. 그들은 사랑스럽지도, 매력적이지도, 귀엽지도 않다.

올빼미도 귀엽지 않다. 우유뱀도 귀엽지 않고, 거미줄의 거미도, 줄무늬농어도 귀엽지 않다. 스컹크도 귀엽지 않고, 이름이 '플라워'도 아니다. 숲에는 '덤퍼'라는 이름을 가진 귀여운 토끼도 없다.스컹크 플라워와 토끼 덤퍼는 디즈니 영화 〈밤비〉에 등장하는 동물 캐릭터들.

장난감들은 귀엽다. 하지만 동물들은 장난감이 아니다. 나무, 강, 바다, 늪, 알프스산맥, 가시나무 가지에서 밤새 노래하는 흉내지빠귀, 늑대거북, 자줏빛 버섯도 마찬가지다.

'귀엽다' '매력적이다' '사랑스럽다' 같은 말들은 잘못됐다. 그런 식으로 지각되는 것들은 위엄과 권위를 잃게 되기 때문이다. 귀여운 것은 오락거리고 대체 가능하다. 말들은 우리를 이끌고 우리는 따라간다. 귀여운 것은 조그마하고, 무력하고, 포획할 수 있고, 길들일 수 있고, 소유할 수 있다. 그 모든 게 실수다. 우리 발치에는 양치식물들이 있다. 그것들은 인간 종족이 **어디에도** 없고 전혀 있을 것 같지도 않았던 때에 최초의 이름 없는, 그리고 이름 붙일 수 없는 바다의 무시무시한 여울 속에서 거칠고 결연하게 자라났다. 우리는 그것들을 예쁘고, 섬세하고, 매력적이라고 생각해서 우리의 정원으로 가져온다.

그렇게 우리는 스스로 주인이 된다. 자연이 사랑스럽고, 매력적이고, 조그마하고, 무력한 것들로 가득하다면 누가 권력자의 자리에 오를까? 우리다! 우리가 부모고, 통치자다. 그런 생각은 세상을 놀이터나 실험실로 보게 하며, 분명 빈약한 관점이다. 그리고 부정직하기도 하다. 겉으론 너무도 무해하고 책임감이 강해 보이지만, 사실은 둘 다 아니기 때문이다.

왜냐하면 그건 신성하고 복잡할 뿐만 아니라 강력하기도 한, 우리가 그 일부에 지나지 않는 영역인 자연에 대한 다른 관점을 불가능하게 만들기 때문이다. 우리 모두의 총합인 자연은 우리의 세상을 몰고 가는 운전대다. 기꺼이 거기에 올라타는 사람들은 빛나고 심지어 숭고하기까지 한 평안을 얼핏 볼 수 있겠지만, 인간이 스스로의 이익을 위해 세상을 조종해야 한다고 주장하며 거기 타려 하지 않는 사람들은 질질 끌려다니며 기쁨 없이 몸에 먼지만 묻힐 것이다.

인간과 호랑이, 호랑이와 참나리tiger lily가 다르면서도 얼마나 흡사한지 보라! 우리 모두 몇 번의 여름, 여기 서서 바다를 바라보며 우리가 끌어모을 수 있는 육체적, 지적 능란함으로 우리 상태를 개선시키고 그런 뒤에 조용히 풀밭으로, 죽음의 초록 구름으로 물러나지 않는가? 그 무엇이 솟아나면서, 사라져가면서 귀엽거나 매력적일 수 있는가? 삶은 나이아가라이거나 아무것도 아니다. 나는 풀잎 한 줄기의 지배자도 되지 않을 것이며 그 자매가 될 것이다. 나는 풀 위로 머리를 내민 백합lily에 얼굴을 가까이 대고 내 심장의 줄기로부터 즐거운 인사를 보낸다. 우리는 한 나라, 한 가정에 살고 있으며 한 램프에서 불타오른다. 모두가 야성적이고, 용감하고, 경이롭다. 우리는 아무도 귀엽지 않다.

시인의 목소리

가자미, 하나

목록들과 동사들은, 당신을 많은 곳에 데려다준다.

모방하느냐, 모방하지 않느냐—이 질문의 답은 쉽게 얻을 수 있다. 모방하지 않는 것의 위험이 모방하는 것의 위험보다 크다.

늘 기억하라—말은 말하는 자가 하는 게 아니다. 말이 하는 것이다.

동사들의 근육을, 형용사들의 엄정함을 추구하라.

아이디어가 말word들을 몰아야 한다. 말들이 아이디어를 몰면 솜, 억지 해석, 공들임, 공기 방울, 불순물, 겉치레, 유행에 뒤진 여자, 매춘밖에 되지 못한다.

시를 덮을 때는 펼칠 때와 달라야 한다, 당신 이름이 블레이크이고 호랑이에 관한 시를 쓴 게 아니라면.

시인의 목소리

　고양잇과 동물들이 속도와 우아함으로 명성 높고, 검은 개미는 독재와 근면으로 유명하며, 야크와 황소들은 야수적인 힘과 온순한 성격으로 잘 알려져 있듯, 인간은 독창성으로 그 이름을 떨친다. 독창성이야말로 우리 종의 트레이드 마크다. 모든 인간은 열심히 활동하기를 갈망하며, 하루의 일은 무엇이든 새로운 것이다. 거기에 부와 명성, 행복에의 약속이 있다. 그 누구라도 주위의 낡은 재료들을 모아 그것들을 분해하고 잘라서 새로운 방식으로 붙여 변형된 물질, 전에는 본 적 없는 바람개비, 새로운 색깔의 꽃, 네모난 달걀, 혹은 시—낡은 재료가 새로운 통찰로, 낡은 예가 신선한 은유로, 낡은 감정이 변화된 어법으로 다루어져서 낡은 것과 새것이 결합된 시—를 세상에 선사한다면 권태로울 이유가 없고 신적 존재가 될 수도 있다. 그리하여 우리는 새 창조물을 갖게 된다. 그것이 인간의 본질이다. 여기서 인간이라 함은 물론 남자와 소년, 여자와 소녀를 모두 아우르는 종의 개념이다. 특히 어린이는 반드시 포함되어야 한다.

　시인의 목소리는 어린 시절에 인간적 사례, 시간과 체험의 역사 속에서 시작되기 때문이다. 그러니까 시인의 목소리는 첫 사례로 만난 시들과 함께 시작되는 것이다. 무언가를 행하고 만들어내기 위해서는 우선 기존의 것에 마음을 빼앗기고 사로잡혀야 한다. 시를 사랑하고 시를 짓는 사람이 되기 위해서는 시 한 편을, 그다음엔 몇 편을 사랑해야만 한다. 우리가 결국 올리브라는 지중해 열매를 즐겨 먹게 된 건 올리브의 관념 때문이 아니라 한 입, 또 한 입 맛보며 더없는 행복에의 확신이 그 범주에, 그 열매 자체의 개념에 결합되었기 때문이다. 우리는 참여를 통해, 체험을 통해 배우기 시작한다. 올리브를 입에 넣음으로써 배운다. 실제 시를 입—이 경우엔 마음—에 넣음으로써 배운다. 우리는 호기심과 관심, 직면 그리고 모방에 의해 배운다. 그런 체험과 노력을 통해 지성과 정신은 힘을 얻고 개성을 향해 나아간다.

그래서 이러한 어릴 적 체험들—첫 시들—은 무척이나 중요하다. 어떤 시들이든, 어떤 성격, 어조, 의도, 영향력, 음악, 메시지, 즐거움, 명료함, 어휘, 열정을 가졌든 모두 무척 중요하다. 우리는 이 첫 시들을 통해 언어가 세상의 현상들을 다루는 방식에 대해 느끼고 사색한다. 언어가 할 수 있는 많은 것과 그 방식에 대한 직접적인 깨달음을 얻는다. 아직 마음의 풍경들이 형성 중인 단계에서 소설이 그 미완성의 풍경들을 무리하게 가로질러 나아갈 때, 그 과정에서 이루어지는 첫 체험들은 평생 가장 중요하고, 가장 감정적이며, 가장 영향력 있는 소설적 체험들로 남을 가능성이 크다. 그와 마찬가지로 시들의 첫 영향력 또한 심오하다.

내가 처음 발견한, 그러니까 나 혼자 종이에서 발견하고 놀라움과 기쁨에 차서 읽었던 시들은 휘트먼의 것이었다. 나는 그에 대해 늘 깊이 감사하며 살 것이다. 거기엔 풍성하고 엄선된 언어가, 엄청난 에너지가, 리듬이, 천 가지 방향의 완전한 몰입이 있었다. 나는 특정한 것들—주목, 커다란 에너지, 완전한 몰입, 다정함, 모험, 아름다움—이 시의 요소들임을 즉시 이해하게 되었다. 그리고 그런 요소들이 씨앗에서 풀이 자라듯 자연스럽고 막을 수 없이 자라는 게 아니라, 시인이 모으거나 발견하여 시 안에 넣는다는 것도 이해하게 되었다. 시가 하나의 구조물로서 형태와 정확함, 객관성을 요구한다는 것도 이해하게 되었다.

더욱이 휘트먼의 시에는 강건하고 자신만만하며 거의 예언자적인 어조와 함께 친근하고 내밀하며 다정한 목소리도 있었다.

> 나는 나로부터 벗어나서 가르치나, 그 누가 나로부터 벗어날 수 있겠는가?
> 그대가 누구든 나는 지금 이 시각부터 그대를 따라간다,
> 그대가 알아들을 때까지 내 말들은 그대의 귀를 간질인다.
> —「나 자신의 노래」중에서

126

삼촌 같은 시인! 동시에 민중시의 거장이기도 했던 그의 도약하는 약강격약한 음절 하나에 강한 음절 하나가 따라오는 시의 운율과 구어체 어법의 시들은 한 행 한 행 광채를 발했다. 최상의 관심과 헌신, 언어적 기교로 묘사된 평범성은 더 이상 평범하지 않았다.

> 베짱이가 우물 위 호두나무에서 반음계 갈대피리를
> 　부는 곳,
> 시트론 밭들과 은빛 줄이 새겨진 잎을 가진 오이들이 자라는
> 　밭들 사이로……
>
> 　　　　　　　　　　　　　　　　　　―「나 자신의 노래」 중에서

나는 휘트먼의 진지함에, 시 작업에는 진지하게 임하면서 자신은 기꺼이 가볍게 대하려는 태도에 맹목적으로 빠져들었다.

> 나는 돈을 한 푼이라도 벌기 위해서나, 배를 기다리는 동안
> 시간을 때우기 위해
> 　이 말들을 하는 것이 아니며……

> 내 방 창가의 나팔꽃 한 송이가 책들의 형이상학들보다도 더
> 　나를 만족시키며……
>
> 　　　　　　　　　　　　　　　　　　―「나 자신의 노래」 중에서

혹은 이 구절.

나는 한동안 동물들과 함께 살 수 있을 듯하다……

그들은 몹시도 차분하고 자족적이며,

나는 가끔 반나절씩 서서 그들을 바라본다.

그들은 땀 흘리지 않고 자신의 처지에 대해 불평하지도 않

는다,

그들은 어둠 속에 뜬눈으로 누워 자신의 죄 때문에 울지도

않는다,

그들은 신에 대한 그들의 의무를 논하여 나를 신물 나게 만들

지도 않는다,

아무도 불만이 없으며…… 아무도 물건을 소유하고자 하는

열망에 발광하지 않으며,

아무도 다른 존재에게, 수천 년 전에 살았던 동류에게도

무릎 꿇지 않으며,

지구 전체에서 아무도 존경받을 만하거나 부지런하지 않다.

—「나 자신의 노래」 중에서

휘트먼은 나의 첫 시인이었고, 그에 대한 나의 애정은 반세기
를 그와 벗하여 지낸 뒤에도 처음처럼 강렬하고 편안하게 남아
있으나, 다른 시인들도 있다.

에드거 앨런 포, 그의 득실거리는 운율과 두운은 나를 백일
몽으로 몰아넣었다. 윌리엄 블레이크, 그의 주제들은 늘 용광로

에 녹아 있고, 그의 우리cage들은 늘 사각형의 거미줄이다. 그리고 휘티어, 롱펠로, 월터 드 라 메어가 있었다.

듣는 이들

월터 드 라 메어

"거기 누구 없소?" 여행자가
    달빛 비친 문을 두드리며 말했다,
그의 말이 정적 속에서 양치식물 무성한 숲 바닥의
    풀을 우적우적 씹었다.
그리고 작은 탑에서 나온 새 한 마리
    여행자의 머리 위로 날아올랐다.
그는 다시 문을 세차게 두드리며,
    "거기 누구 없소?" 말했다.
하지만 아무도 여행자에게 내려오지 않았고,
    나뭇잎으로 둘러싸인 창문으로 고개 내밀어
당혹스러워하며 가만히 서 있는
    그의 회색 눈동자를 들여다보는 이도 없었다.
그때 그 외딴집에서 살고 있던
    유령 무리만이
달빛의 고요함 속에 서서 귀 기울이고 있었다,
    인간들의 세상에서 온 그 목소리에.

빈 현관으로 이어진

　어두운 계단의 희미한 달빛 속에 모여 서서

그 외로운 여행자의 부름에

　동요되고 흔들린 공기 속에서 귀 기울이고 있었다.

그리고 그는 마음으로 느꼈다, 그의 부름에 답하는

　그들의 기이함을, 그들의 고요함을,

별들과 나뭇잎으로 수놓인 하늘 아래

　그의 말이 어두운 잔디를 뜯어 먹으며 돌아다니는 동안,

그는 갑자기 문을 쾅쾅 두드렸다, 더 요란하게,

　그리고 고개를 들었다.

"그들에게 말해요, 내가 왔다고, 그리고 아무도 대답이 없었

다고,

　내가 약속을 지켰다고." 그가 말했다.

듣는 이들은 미동도 없었으나

　그가 한 모든 말들은

깨어 있는 한 사람으로부터

　고요한 집의 어둠을 뚫고 메아리쳤다.

아아, 그들은 그의 발이 등자鐙子를 밟는 소리,

　돌을 때리는 쇠 발굽 소리를 들었다,

말발굽 소리가 멀어지자

　정적이 다시 서서히 밀려들었다.

그리고 키츠도 있었고, 셸리와 워즈워스도 있었다. 콜리지도
있었고, 그래, 셰익스피어, 밀턴, 그레이 그리고 키츠가 있었다.

아름다운 것

존 키츠

아름다운 것은 영원한 기쁨,
그 사랑스러움은 늘어만 가고, 결코
무無로 돌아가지 않는다, 우리를 위해
나무 그늘의 평온, 달콤한 꿈들로 가득한
잠, 그리고 건강, 그리고 고요한 숨결이 되어준다.
그리하여, 아침마다, 우리
꽃띠를 엮어 대지에 우리를 묶는다,
낙담, 고결한 특성들의
잔혹한 결핍, 우울한 나날들,
우리가 헤쳐나가야 할
온갖 유해하고 어두운 길들에도 불구하고,
그래, 그 모든 것에도 불구하고,
어떤 미의 형상이 우리의 어두운 정신에서
장막을 벗겨낸다. 태양과 달,
순진한 양에게 그늘을 베푸는
늙거나 어린나무들이 그러하고, 녹색 세상과

더불어 사는 수선화들이 그러하고, 무더운 계절에 대비하여

스스로 시원한 은신처를 만드는

맑은 실개천들, 예쁜 사향장미가 흩뿌려져

꽃향기 진한 숲속 덤불이 그러하다.

우리가 위대한 사자死者에 대해 상상했던

죽음의 장엄함, 우리가 들었거나 읽었던

모든 사랑스러운 이야기들,

천국의 가장자리에서 우리에게 쏟아지는

영생수의 무한한 샘이 역시 그러하다.

또한 우리는 이런 정수精髓들을 단지

짧은 한 시간 동안만 느끼지는 않는다. 아니, 사원 주위에서

속삭이는 나무들이 곧

사원 자체만큼 소중해지듯, 그처럼 정열의 시,

무한한 영광인 달은

우리에게 끊임없이 비치어 마침내는 우리 영혼에게

격려의 빛이 되고, 우리에게 단단히 묶여,

그리하여 환한 빛이 비치든 우울이 뒤덮이든

늘 우리와 함께 있어야지, 안 그러면 우리는 죽는다.

우리 모두가 알고 있듯이, 미국 시는 20세기 상반기에 많은
변화를 겪었다. 구어체가 주로 약강격으로 시에 들어왔다. 종이
위 시의 디자인도 더 다양해졌으며, 이 디자인은 시인이 자신

의 시가 어떻게 읽히고 느껴지기를 원하는지 독자들에게 알려주는 중요한 부분이 되었다. 독자와 시의 관계도—이제 보통의 경우 단일한 독자가 혼자 조용히 시를 읽는다—바뀌었다. 관계가 내밀해졌다고 말할 수도 있을 것이다. 시의 어법이 화려한 옷을 벗고 시골을 거닐게 되면서 시는 하나의 대화, 혹은 친구가 친구에게 쓴 편지만큼이나 사적인 하나의 기록이 되었다. 심지어 가끔은 그보다 더 내밀해서 시인이 자신의 눈을 위해 쓴 일기만큼이나 사적이기도 했다. 그리하여 우리는 마치 시인의 어깨너머로 들여다보듯 시를 읽었다. 그리고 그렇게 해야만 했다. 새 시들은 옛날 방식으로 모자와 장갑까지 갖추고서 운율을 충실히 지키며 '세심한' 어법으로 대중 앞에 나서지 않았다.

그것은 대부분 좋은 일이다. 아니, 전부 좋은 일이다! 예를 들어 제임스 라이트의 많은 시(물론 1980년 이전에 쓰인)가 강화된 일상어라고 불릴 수 있는 단어를 사용했다. 효과적이고 흥미로우며 엄청나게 감동적인 어법이다. 그런 식으로 꾸밈없이 말하는 시들은 옛 고전주의 전통 속에서 교육받지 않은 작가들에게 분명 하나의 초대로 느껴졌을 것이다. 여성 작가들은 가정을 꾸린 뒤 예술의 세계로 돌아온 경우가 많았고—아프리카계 미국인 작가들도 그렇고 원주민 작가들도 그렇고—모두가 그들 이전의 접근하기 쉬운 어법의 시들을 통해 시의 세계에 입문했을 가능성이 크다. 그런 인종 및 문화 집단들의 참여가 우리 문학을 대단히 풍요롭게 만든 건 의심할 바 없는 사실이다.

그에 상응하는 변화들이 주제에서도 일어나고 있었다. 초대받지 못한 채 예쁘거나 그리 예쁘지 않은 머리를 치켜들고 문밖에 서 있던 주제들에게 문이 열렸다. 우리는 이제 더 이상 어떤 주제가 적절하고 어떤 주제가 그리 적절하지 않은지에 대해 이야기하지 않는다. 모든 주제가 적절하다.

그럼에도 나는 키츠와 드 라 메어와 휘트먼의 시들에서―키츠의 주문呪文들, 드 라 메어의 이끼 낀 황혼들, 사색의 '풍부함'을 지닌 휘트먼의 박력 넘치는 불가사의의 존재, 끝없는 '나'에서―첫 영향을 받을 수 있었던 것을 매우 큰 행운으로 여긴다. 이제부터 나는 그 시들과 더 현대적인 시들의 차이점들을 살펴보며 내가 더 현대적인 시들에서 첫 영향을 받을 수도 있었지만 그렇게 하지 않았던 이유를 찾아보고자 한다.

우선 운율의 문제가 있다. 현세대에겐 운율이 구닥다리 장치로 전락하다 보니 어릴 적에 마더 구스영국의 전승 동요집 『마더 구스의 노래Mother Goose's Melodies』의 전설적 작가의 동요들, 키츠나 드 라 메어의 시들을 접해보지 못한 청년들―심지어 대학생들도―은 그 강점조차 받아들이지 못한다. 그들에게 운율은 패턴과 그에 따른 즐거움을 짜는 직조기가 아니라 하나의 부담이고 장애물이다. 많은 젊은 작가가 순전히 내용 때문에 옛 시들을 읽는다. 시의 운율학은 독자로서 사적으로 시를 읽을 때에도 종이 위에서 진동하는 열정적인 삶으로 도약하지 못한다.

현대시의 대화적 행보를 비난하려는 뜻은 없다. 하지만 옛 리듬이라는 저 즐거움의 전당으로부터 차단된 젊은 작가에게 우려가 아닌 다른 감정을 느낄 수 있을까? 또한 자유시가 운율과 리듬의 시들에 대한 깊은 감수성을 지닌 작가들에 의해 처음 구상되고 쓰였음을 기억하는 것이 적절한 일이 아닐까? 그런 시인들은 자신이 지키고 싶지 않은 것들은 버리고, 잃고 싶지 않은 것들은 간직할 수가 있었다. 얼마나 많은 자유시의 마지막 구절이 한두 개의 강약약격을 갖고, 그다음엔 한두 개의 강한 강세로 마무리되는지 잠시 주목하라. 운율의 구조는 여전히 시의 핵심적인 부분이다.

내가 처음에 리듬과 운율의 시들을, 19세기와 그 이전의 조상들을 선물 받은 건 분명 커다란 행운이었다. 그리하여 나는 자유시를 접하게 되었을 때, 그것을 옛 시들에 반대하는 것이 아니라 그 시들로부터 파생된 것으로 자연스럽게 인식하게 되었다. 자유시를 리듬과 운율이 없는 하나의 디자인으로 여기는 것보다 훨씬 더 흥미롭고 유익한 접근법이었다. 왜 그럴까? 그건 무엇보다도 운율의 시와 자유시를 동료로 여기는 작가는 그 경계가 강경하고 명확하기보단 우호적이고 심지어 유연하기까지 하다는 걸 알고, 그 둘이 약간 섞이도록 하는 걸 주저하지 않을 것이기 때문이다. 자유시도 여기저기서 예전의 격렬하고 운율적인 방식으로 속삭이고 싶어 할 수 있다. 안 될 게 무언가? 더욱이 마음의 귀로 운율을 들여온 작가는 자연스럽게 그것을 사용할(심지어 기교까지 동원하여) 공산이 크다(듣지 않은 작가의 경우보다).

아까도 말했듯이 시는 디자인의 변화와 함께 어법과 주제에 있어서도 상당한 변화를 겪었다. 그 변화들로 인해 많은 것을 얻었지만 잃은 것들도 있다. 옛 시들의 어조에는 그 고상한 어법을 통해 암시되고 강화되는 확실성과 권위가 있다. 물론 지금 나는 시적 어법에 대해 말하고 있는 것이 아니다! 일상적이고 흔하고 평범한 것이 아닌 어법과 어조에 대해 이야기하는 것이다. 시의 내용과는 별개로 이 어조는 그 자체로 독자에게 뭔가 중요한 것이 거기에―그 시를 계기 삼아―있음을 암시한다. 내가 보기에 시 작업은 평범한 사례를 초월하여 제2의 형이상학적 단계를 구축하는 것이므로 그런 어조는 중요하고 유용하다. 옛 시들에서 그것은 교회 첨탑 역할을 했다. 멀리서도 이렇게 말했다. 여기는 성역이다. 여기에 일상과 다른 것이 있다.

시의 실제 풍경 이야기도 해야겠다. 많은 옛 시들이 평범한 세계가 아닌 곳에서 발생한다. 말과 독자의 상상력이 만나는 곳 이외엔 존재하지 않는 세계에서 발생한다. 그곳은 세속적인 시간과 공간의 제약이 끌어들여지지 않은 세계다. 이야기들은 대개 우리에게 익숙한 인과 법칙을 따르며, 어떤 이름 있는 마을의 중심가에서 오후 세 시 반부터 네 시 반 사이에 일어난다.

평범하고 친숙한 세계일 가능성이 아주 큰 새 시들의 세계에서도, 시가 특정 시간에 중심가에서 일어날 가능성이 크다. 그리고 다시 많은 것을 얻고 많은 것을 상실한다.

다른 세계인 환상과 신화, 순수한 상상력의 세계에 대한 빈번한 신호, 넓은 입구가 상당 부분 소실되고 설령 소실되지 않는다고 해도 감소되고 작아지고 개연성을 잃는다. 옛 시들은 전혀 있음직하지 않은 환상이나 서술을 너무도 기꺼이 내놓았다! 감정이 감추어졌다가 공개되는—불가사의함이 이 감정의 필수적인 부분인—「듣는 이들」의 사랑스러운 동화적 비현실성은 1950년의 나를, 그리고 오늘의 나를 이 세계로부터 해방시킨다. 그리고 나는 이 해방이 창작의 주요 요구 중 하나라고 생각한다. 우리는 이 세계로부터 해방되지 않는 한, 마법적이고 영웅적인 가상의 존재로 들어갈 수 없으니까. 물질적인 실제 세계가 아닌 다른 세계의 우선권에 기꺼이 복종할 수 없으니까.

실제 세계! 이 시대의 중요한 시 작업에서는 삶의 실제성이 중요한 소식, 중요한 풍경이다. 그리고 그 작업은 찬미할 만하다. 그럼에도 나는 다른 세계로 들어가는 아른아른 빛나는 신비한 문들을 너무도 쉽게 열었던 옛 시들이 그립다. 「엔디미온」 「크리스타벨Christabel」 「애너벨 리」, 이 시들의 근간은 오직 상상 속에만 존재했으며, 그것들을 읽는 건 느낌의 체험이었기에 나는 처음 시와의 만남을 갖게 된 시기에 이 시들을 통해 상상의 힘, 상상의 능력, 상상의 거대하고 문제 삼을 수 없는 **실체**를 확인할 수 있었다.

하지만 내가 보기에 가장 중요한 변화는 시의 등장인물에 의해 표현되는 의도의 변화다. 시의 '나' 말이다. 아주 간단하게 말하자면 현대시의 '나'는 저자의 반영이기 쉽다. 어쨌거나 그럴 것이라고 가정해도 큰 실수를 범하거나 의도적 모욕이 되진 않는다. 하지만 나는 어렸을 때 시를 읽으면서 '나'에 대해 그런 가정을 한 적이 없으며 시의 의도로만 가정했다.

옛 시의 '나'는 '알 수 있는' 사람, 나와 흡사한 사람이 전혀 아니라고 가정했다. '나'는 두 가지, 혹은 그 이상의 중요한 것들이었다. 첫째로, 그건 시의 신비와 시의 어법의 권위에 싸인 '나'였다. 그것은 시 안의 시적 힘들에 의해 적어도 시가 이어지는 동안에는 고결해지고 절대적으로 옳았다. 그리고 더욱 중요한 건 그것이 나 자신과 시의 신성한 영원성 사이의 연결 통로라는 사실이었다. 종달새 노래를 들으며 서 있는 사람이 진짜 셸리였다고 해도 중요한 의미에서의 셸리는 아니었다. 시를 읽고 있는 나는 새소리를 듣고 있는 그에 대해 생각할 필요가 없었다. 그는 기꺼이 사라져 **내가** '나'가 되도록 해주었다. 확신하건대 그는 그 두 가지—그가 사라지고, 독자가 시 안으로 들어가는 것—가 꼭 필요하다는 걸 알고 있었다. 실제로 나는 시 안으로 들어가서 시의 화자가 되고, 마치 내가 체험자인 것처럼 그 시를 재현하는 걸 내 의무로 받아들였다. 그 시는 저자의 개인적 역사가 독자의 이런 참여를 막고 독자에게 **오직** 독자의 역할만 하도록 의도하지 않았다. 간단히 말해서 나는 시들이 저자에 관한 것이라고 생각하지 않았다. 나에 관한 것이라고 생각했다. 정체停滯에 관한 것이 아니고 체험, 그리고 나아감에 관한 것이라고 생각했다.

그래서 내가 「듣는 이들」의 말 탄 사람이 되었다. 나는 들판에서 "반나절씩" 동물들을 보았다. 시간에 대해, 아름다운 것에 대해 사색한 것도 나였다. 그리하여 나는 이런 믿음에 이르게 되었다. 시의 목적은 독자가 개인적이고 사적인 방식으로 체험과 직관을 얻을 수 있도록 해주는 말들의 배열을 제공하는 것이다. 오직 그렇게 해서만 시는 독자에게 지워지지 않는 자국을 남길 수 있다. 오직 그렇게 해서만 시는 독자 자신의 삶에 지속적으로 남을 수 있다. 독자는 유연한 지력과 진심을 가지고 시 안으로 들어가서 이전의 자신과 조금 그리고 영원히 달라져서 나오게 된다.

그 어떤 시도 우리 중 하나 혹은 일부에 관한 것이 아니라 우리 모두에 관한 것이다. 시는 우리 종種에 관한 긴 기록의 일부다. 모든 시는 내 삶에 관한 것인 동시에 당신의 삶에 관한 것이고, 미래의 무수한 삶에 관한 것이다. 한 사람이 그걸 썼다는 사실은 그것이 우리 모두에게 적용된다는 사실만큼 그렇게 중요하거나 흥미로운 건 결코 아니다.

그리고 사실 한 사람이 시를 썼다는 건 논쟁의 여지가 있다. 물론 한 사람이 펜과 종이, 혹은 컴퓨터 앞에 앉아서 의미를 부여하고 디자인을 하는 건 확실하다. 하지만 그런 동작들은 일련의 긴 필수 과정 중 마지막 행위에 불과하다. 왜냐하면 시인은 모든 예술 분야와 모든 직업의 종사자들과 마찬가지로 교육, 시도와 교정과 조언, 모방, 탐구적 정신을 둘러싼 수만 가지 영향력들을 거치며 작업을 진행하기 때문이다. 우리들 각자가 시에, 움직이는 펜에 무수한 메아리들을 반영한다.

다른 사람들과 마찬가지로 시인의 경우에도 사적 영역에서의 하루하루는 일상의 사소한 일들, 그 소음, 동요, 열정, 즐거움, 식료품이나 양말 사러 가기, 세차하러 가기, 야구 보러 가기 등으로 채워진다. 하지만 그것들은 표면적인 활동들이다. 파도가 일었다가 부서지는 것과도 같다. 시는 바다의 그 부분에서 나오지 않고, 어둡고 무거우며 경이롭고 거의 닿을 수 없는 깊은 곳에서 나온다. 바로 그곳에서 시가 솟아나고 형태를 갖춘다. 그곳은 시가 중요성을 갖는 곳, 시가 읽히는 곳이기도 하다. 작가만이 아니라 모든 인간의 정신에 존재하는 곳이기 때문이다. 우리 각자는 인생을 살아가면서 의식儀式이나 위기, 나아감, 초월의 순간들에, 공포의 순간들과 환희의 순간들에 그 깊은 곳으로 들어간다. 그리고 그곳은 우리가 삶에 대한 이해를 얻으러 가는 곳이기도 하다. 그 이해를 늘 얻게 되는 건 아니지만 말이다.

우리 삶의 상당 부분이 기쁘게 가볍고 행복하게 평범하다. 하지만 이 어둡고 매혹적인 곳은 가볍지 않다. 평범하지도 않다. 삶의 공통성에 관련된 것만큼 독특함에 관련되어 있지도 않다. 이곳에서 말하는 목소리는 특정 연령, 혹은 인종에 속하거나 특정 사회보장번호를 가진 사람의 목소리가 아니다. 융이 집단 무의식에 대해 이야기할 때 말한 곳이 이곳이고, 엘리엇이 시를 통해 우리는 개인의 특성에서 탈피할 수 있다고 말한 곳이 이곳이다. 잠수부는 살기 위해 마스크를 써야 하고, 작가는 자신이 아닌 무언가가 되기 위해 마스크를 써야 한다. 작가는 그 마스크를 쓰고 개인적 삶의 차원들을 지나 바닷속 깊은 곳, 빛을 발하는 어마어마한 무게 아래로 내려간다.

그리하여 잠수부가 가지고 나오는 건 무엇이든 헤아릴 수 없는 중요성을 지닌다. 그리고 장비 없는 잠수부는 곧 익사한 잠수부가 된다. 겸허한 태도, 기술적 노련함, 언어적 기교 같은 필수적 요소들에 대해서는 따로 언급하지 않겠다. 그것들은 물론 잠수부가 꼭 지녀야 하는 산소만큼 필수적인 것이다.

시인이, 잠수부가 바다 깊은 곳의 일터로 가지고 내려가는 또 한 가지 중요한 것은 사전에 생각해둔, 시가 무엇이고 시의 **목적**이 무엇인지에 대한 영속적인 관념이다. 우리가 숙고를 거쳐 구축하는 관념은 무엇보다도 우리 앞의 본보기들, 특히 저 막강한 **첫** 본보기들에서 받은 인상에 토대를 둔다. 우리는 반응하고, 모방하고, 상상하고, 창조한다.

이제 다시 원점으로 돌아가서 첫 사례가 된 시들이 작가의 예술관 형성 과정에서 차지하는 필연적 역할에 대해, 그리고 그것들이 나 자신의 시적 목소리의 형태와 성격 형성 과정에서 차지한 필연적 역할에 대해 다시 이야기하겠다.

몇 년 전에 나는 인터뷰를 하면서 이렇게 말했다. "나는 일이 잘 될 때 사라진다. 완전히." 그리고 이 의도는—내가 사라지는 건 의도적인 것이니까—강하고 확실한 시인이 뒤에 존재하는 시들의 의도와는 다르다. 그런 시들은 대부분 이른바 '고백시'파에서 나왔다. 검은새를 바라보는 방법도 많고 시의 가치에 대해 생각하는 방법도 많지만, 나의 경우 재현이 시의 귀중한 핵심으로 들어가는 방법이다. 이것을 허용하지 않는 시들은 내가 원하는 방식으로 내게 기여하지 않는다.

나는 시들이 내게 기여해주기를 기대한다. 시들이 내 삶 속에서 막간의 여흥이나 따로 떨어진 장소가 아니라 진행 중인 존재이기를. 그것들이 긴요하고, 정보를 제공해주고, 지지적이기를—내 삶을 확장시키는 '재현, 체험'을 지지해주기를—기대한다. 늘 우아하거나 현명하거나 단순할 필요는 없다. 삶 자체가 그러하듯 공포, 고통, 혼란을 담고 있어도 된다. 하지만 사리사욕이나 대파괴, 죽음의 작은 신들이 아닌 생명의 주lord of life를 대신하여 분투해야 한다. 정체가 아닌 나아감의 시들이어야 한다.

고백시는 내가 여기에서 다루고 있는 주제가 아니며, 짧게 이야기할 수 있는 간단한 주제도 아니다. 하지만 몇 가지 언급은 해야 할 듯하다. 고백시파의 시들―'나'의 목소리가 저자의 목소리고, 그렇게 의도되었으며 내용은 고통에 차 있고 공격적이며 광란적이고 자기도취적인 경우가 너무도 많은―은 내게 예술보다는 카타르시스, 시보다는 회고록으로 보인다. 나는 저자에 대해서는 조금 알게 되었을지도 모르나 개인적 광란, 그것이 만들어낼 수 있는 엄청난 에너지, 그것이 갈망할 수 있는 어둠, 그것에서 비처럼 쏟아질 수 있는 괴로움과 분노 너머의 세계에 대해선 아무것도 배우지 못한 채 그 시들에서 고개를 돌린다. 나는 앞으로 백 년 내에 그런 시들이 심리 치료의 파생물로 여겨지게 될 거라는 생각이 든다. 실제로 유아기 때 그렇게 느꼈던 것처럼 '나'가 세상의 중심이 되도록 조장하여 행하는 치료 말이다.

그럼에도 그런 시들은 대단한 기교를 발휘할 수 있고 실제로 그런 경우가 많으며, 그 광란적인 페이지들에 인간의 고통과 용기가 분명하게 드러난다. 나는 그 시들의 갈가리 찢긴 프라이버시와 고통과 좌절의 구조가 여러 인종적, 문화적 배경의 사람들이 사적인 삶, 개인적 체험을 이용한 시들을 써내는 최근의 시파가 꽃을 피울 수 있는 환경 조성에 중요한 역할을 한 요소 중 하나일 수 있다고 생각한다. 하지만 최근 시들의 경우 분명한 목적―이전에 무시되었던 인류의 한 부분의 무언가를 드러내고, 불평등을 드러내고, 진실을 알리고 행동을 취하여 변화를 일으키는 것—을 갖고 이야기한다. 이 시들의 주제는 결코 시인, 혹은 시인의 삶에 국한되지 않고 개인적 체험이 역사의 일부, 현재의 일부로 제시된다. 그리고 그 현재는 마침내 인간의 마음이 귀 기울여 들어준다면, 인간 독자가 시 안으로 들어가서 시의 체험을 통해 그가 전에는 이해하지 못했던 것을 이해하게 된다면, 뜨겁게 달군 유리처럼 구부릴 수 있다. 우리 모두가 알다시피, 예술 작업은 건강한 사람이든 병든 사람이든 누구나 할 수 있는 것이다. 정신병 환자들이 캔버스 위에서 춘 끔찍한 춤이 깜짝 놀랄 만한 작품이 되는 경우도 많다. 하지만 시가 창작자와 그 기원에서 벗어나 유익하고 빛나는 것들의 세계에 속하기 위해선 건강이 필요하다. 그리고 건강은 자신에 대한 지나친 관심이라는 치명적인 주목에서 벗어나게 해준다.

나 자신의 체험들은 어떠한가? 그것들은, 그것들의 일부는 시가 되는가? 어쩌면. 가끔. 대체로. 하지만 그런 체험들은 핵심이 아니다. 그것들은 재료가 될 수는 있다. 하지만 그것들은 다른 무언가를 위해 흔들리고, 조정되고, 심지어 거짓말까지 한다. 왜냐하면 그것들은 시가 그 자체의 단독성, 그 자체의 사례—덜 특별한(엄격한 건 마찬가지라도) 개념 단계에서는 상대적으로 중요하지 않은—에서 발생하려 한다는 걸 알기 때문이다. 시는 **아이디어**를 설명하기 위해 언어를, 사례라는 불 위의 그 신성한 연기를 이용해야 한다. 그리고 시의 '나'는 문턱으로의, 초대의 손짓이어야 한다.

　마지막으로 어쩌면 가장 흥미로운 것일 수도 있는 생각을 이야기하겠다. 시인이 내는 목소리는 그것이 무엇이든 여러 해에 걸쳐 소중히 간직되고 형성되고 다듬어지며, 어떤 목소리나 그러하듯 하나의 태도와 하나의 감성—어쩌면 **타자**他者의 것이라고도 말할 수 있는—을 나타낸다. 어느 시인이든 이 타자와 강렬한 관계를 맺고 벗하여 살아간다. 사실 시인은 이 목소리를 다른 어떤 목소리보다 많이 들을 가능성이 크다. 따라서 시인은 이 내면의 벗이자 목소리를 자극하고, 기쁘게 하고, 약동하게 해줄 영향력들, 활동들, 생각들에 이끌리기 쉽다. 내가 무슨 말을 하고 있는지 알겠는가? 시인이 내는 목소리가 여러 해에 걸쳐 시인을 창조하는 게 아닌 것처럼 시인이 그 목소리를 창조하는 것도 아니다. 의심할 바 없이 나는 평생 이 내면의 목소리의 영향에 근거하여 이런저런 결정들을 내려왔다. 나는 이 권위자와 함께 더없이 강렬하고 기껍게 살고 있다.

　내가 말하고자 했던 많은 것을 표현한 릴케의 시가 있다. 여러분 중에서도 그 시를 아는 이들이 많을 것이다. 그 시는 아름다움에 관해 노래한다. 내가 평생 믿어온 것, 내가 내 시들을 통해 권위와 도전의 목소리로 멋지게 나타내고자 했던 것을 말하고 있다. 아름다움이라는 것이, 아름다운 시가 무언가를 의미하지 않는다면—그것이 우리에게 어렵고 고귀한 임무를 맡기지 않는다면—결국 완전한 광기가 아니고 무엇이겠는가? 하지만 아름다움은 광기가 아니다. 온전하고 사려 깊으며 건전한 존재이기 위한 도전이다.

그 시다.

고대 아폴로의 토르소

라이너 마리아 릴케

눈망울이 서서히 커져가던
아폴로의 멋진 머리가 어떻게 생겼는지 우리는 알지 못한다. 그러나
그의 토르소는 지금도 등불처럼 타오르고
살짝 약화된 내면의 눈이

불길을 간직한 채 빛나고 있다. 거기 빛이 없었다면 그 가슴의 굴곡이
너를 눈부시게 하지는 못하리라. 그리고 허벅지의 틀어짐에서
하나의 미소가 씨들이 있는 곳을 향해
줄곧 나아가지도 않으리라.

거기 빛이 없었다면 이 돌은 어깨에서부터

깨끗이 잘려 나간 것처럼 보일 것이고,

피부가 맹수의 모피처럼 반짝이지도 않고,

몸통의 모든 가장자리가 마치 별처럼

빛나지도 않으리라…… 이 토르소에는 너를 바라보지 않는

부분은 없기 때문이다. 너의 삶은 바뀌어야만 한다메리 올리버

는 이 독일어 시를 로버트 블라이Robert Bly의 영역본으로 인용하였으며, 그 영역

을 다시 우리말로 옮김.

가자미, 둘

개의 소리가 개울에서 첨벙거린다. 소년 같지도, 물고기 같지도 않다, 정확히 벤답다.

나는, 이른바, 슈만의 음악과 울프에 미쳐 있다.

비명, 그리고 뽑힌 못의 행복. 그것은 햇빛 속에서 다시 얼마나 깜빡이는지.

세상은 돈다, 안 그런가? 변화가 우주를 지배한다, 안 그런가?

삶이 있고 오페라가 있다, 그리고 나는 둘 다 원한다.

벤, 들판을 빙글빙글 돈다. 그는 코에 온 우주를 담고 있다.

셸리들. 그들은 이상들의 실개천에서 살았다. 그들은 숨어 있는 끔찍한 운명과 함께 살았다.

거미: 싱크대에서 나와 제라늄 속으로. 나는 그걸 잊고
제라늄에 세차게 물을 준다.

어째서 방울새를 믿지 않는가. 엉겅퀴도.

내가 지켜보는 동안, 파리가 벤의 덥석 무는 입으로 들
어갔다가, 다시 나왔다. 그리고 들어갔다.

감사의 말

다음의 에세이들이 가끔은 약간 다른 형태로 첫선을 보인 정기간행물들의 편집자들에게 감사를 보낸다.

「펜과 종이 그리고 공기 한 모금」 ― 〈세네카 리뷰Seneca Review〉의 특별호 〈적다: 시인들의 공책에서Taking Note: From Poets' Notebooks〉(1991년 가을)

「나의 친구 월트 휘트먼」 ― 〈매사추세츠 리뷰The Massachusetts Review〉(1992년 봄)

「삶에 대한 열정을 가진 네 명의 동반자들」 ― 〈보스턴 글로브The Boston Globe〉(1992년 5월 24일)

「올빼미들」 ― 〈오리온Orion〉(1995년 봄)

「푸른 목장」 ― 〈더블 테이크Double Take〉(1995년 봄)

나는 이 글을 쓰면서 몰리 멀론 쿡의 신세를 졌다. 그녀는 버지니아 대학교 앨더맨 도서관 특별 소장실에서 완전히 다른 일을 하면서, 내가 「스티플톱」을 쓸 때 참조한 밀레이와 딜런의 편지들과 다른 미출간 논문들의 사본을 발견하고 집에 가져와 주었다.

또 조지 딜런의 시 「죽음의 해부 Anatomy of Death」의 다섯 행을 인용하도록 해준 낸 셔먼 서스맨, 라이너 마리아 릴케의 소네트 「고대 아폴로의 토르소」의 번역자 로버트 블라이에게도 감사를 표하고 싶다.

잡초 우거진 모래언덕으로 돌아가다

올해 1월 플로리다에서 메리 올리버의 삶이 마감되었다. 날마다 어둠이 채 가시지 않은 새벽에 작은 공책을 뒷주머니에 꽂고 집에서 나가 숲속이나 바닷가, 들판을 거닐며 자연과 교감하던 시인은 세상을 떠나고 그녀의 빛나는 말들만이 시들과 산문들에 남겨졌다. 메리 올리버의 삶은 참으로 '심플'했다. 오하이오에서 태어나 플로리다에서 죽음을 맞이했지만, 그녀에게 삶의 중심 무대는 매사추세츠 프로빈스타운이었다. 그녀는 이십 대 때인 1960년대부터 50여 년을 프로빈스타운에서 평생의 동반자 몰리 멀론 쿡과 더불어 살며 늘 삶과 자연에 경이와 감사를 느끼고 그것에 대해 노래했다. 오하이오에서의 소녀 시절에 이미 그녀에게 삶의 위안이자 축복이었던 자연과 문학(시)은 예술가들의 땅 프로빈스타운에서 더욱 충만해지고 깊어졌으며, 영원해졌다.

『완벽한 날들』과 『휘파람 부는 사람』에 이어 세 번째로 우리 독자들을 찾아오게 된 메리 올리버의 산문집 『긴 호흡』에는 프로빈스타운의 풍경들과 시인 메리 올리버의 목소리가 담겨 있고, 몇 편의 시들이 반짝거리며 박혀 있다. 「헤링 코브에서」와 「푸른 목장」의 거칠고 풍요로운 바다, 「연못들」의 신비한 연못, 「올빼미들」의 섬뜩한 올빼미, 「살아 있기」의 생존본능에 충실한 여우는 그것들 자체로도 충분히 매력적이지만, 메리 올리버의 시선을 통해 삶의 진실과 아름다움에 연결되면서 더욱 강렬하게 우리를 매혹시킨다. 「몇 가지 말들」에서 메리 올리버는 "나는 풀잎 한 줄기의 지배자도 되지 않을 것이며 그 자매가 될 것이다"라고 말하고, 「살아 있기」에서는 "나는 깊은 숲속에서 네 발로 걷기를 시도했다"라고 고백한다. 그녀가 어떤 시선으로 자연을 바라보고 자연의 일부가 되는지 알게 해주는 문장들이다. 「펜과 종이 그리고 공기 한 모금」에서는 그녀가 자연과 교감하며 그때그때 공책에 남긴 기록들을 일부 공개하고, 그것들이 어떻게 시로 탄생하게 되는지 이야기해준다. 그리고 「힘과 시간에 대하여」에서는 세 가지 자아에 대한 설명과 함께 창작에 임하는 자세를 보여준다. 메리 올리버는 "내게 일이라 함은 걷고, 사물들을 보고, 귀 기울여 듣고, 작은 공책에 말들을 적는 것이다"라고 했으며, 『긴 호흡』에는 그녀의 그런 모습들이 생생해서 그녀를 가까이에서 지켜보는 듯한 기분을 느끼게 된다.

자연과 더불어 메리 올리버의 삶의 전부였던 시 읽기와 시 쓰기에 대한 이야기도 빼놓을 수 없다. 「나의 친구 월트 휘트먼」에서 우리는 오하이오의 문학소녀 메리 올리버에게 휘트먼이 얼마나 소중하고 특별한 친구였는지 알 수 있다. 「스티플톱」에서는 시인 에드나 밀레이와의 인연이 소개되고, 「시인의 목소리」에서는 휘트먼과 더불어 그녀에게 막대한 영향을 끼친 키츠, 월터 드 라 메어, 릴케의 시들이 인용된다. 특히 「시인의 목소리」는 시의 주제와 형식, 의도에 관한 메리 올리버의 '시론'을 담고 있어서 주목할 만하다. 시를 읽을 때 그것이 "삶을 확장시키는 재현, 체험"이 되어야 하며 시를 읽는 것이 "정체에 관한 것이 아니고 체험, 그리고 나아감에 관한 것"이라는 주장은 독자들이 마음에 새겨야 할 내용이다.

　메리 올리버가 삶에 작별을 고했다는 소식을 접한 뒤에 이 책을 번역하게 되어서인지 「살아 있기」의 '언젠가 비통한 마음 없이 그걸(삶을) 야생의 잡초 우거진 모래언덕에 돌려주겠다'는 구절에서 나는 눈시울이 뜨거워졌다. 은빛 단발을 한 가냘픈 체구의 메리 올리버는 이제 세상에 없지만 그녀가 우리에게 전하는 말들은 영원히 우리 곁에 남아 삶의 위안이, 축복이 되어줄 것이다.

2019년 가장 찬란한 계절에 메리 올리버를 추모하며

민승남

나의 영혼 그 자체인 한 사람

몇 년 전 해를 걸러 몇 차례 프로빈스타운에 머물렀던 적이 있다. 그 거리 246번지에는 흐릿한 올빼미 그림과 함께 Since 1932라고 적힌 낡은 간판을 내건 작은 서점이 하나 있는데, 메리 올리버의 고장답게 규모에 비해 제법 큰 비중으로 메리 올리버 섹션을 마련해두고 있었다. 서점에 들를 때마다 노년의 여주인으로부터 메리 올리버가 건강상의 이유로 프로빈스타운을 떠나 플로리다주에 요양차 머무르고 있다는 얘기를 전해 들으면서도 나는 프로빈스타운에서 메리 올리버를 만날 수 있으리라는 기대를 지우지 못했고, 돌아온 몇 해 뒤에 메리 올리버가 죽었다는 소식을 들었다.

프로빈스타운에서 그리 멀지 않은 케이프코드에서 유년 시절을 보낸 나의 미국인 형부는 케이프코드와 거제도의 자연 풍광이 그리 다르지 않음에 매번 놀란다고 말했었는데. 그렇게 그리하여 어느 날. 프로빈스타운에 도착했을 때 나는 왜 메리 올리버의 문장이 그토록 나를 뒤흔들었는지 새삼 깨닫게 되었다. 눈앞에 펼쳐진 바다와 작은 호수들, 끝없이 이어지는 숲속의 작은 길들은 거제도의 산과 바다를 놀이터 삼아 누비고 다녔던 내 유년 시절의 충만한 야생 감각을 다시금 일깨워주었다. 예감한 그대로 메리 올리버는 나의 영혼 그 자체였다. 자연의 경이를 예찬하는 그녀의 문장은 소박하지만 아주 직관적인 영성의 언어인데 그것은 메리 올리버가 아주 오랫동안 자연의 충일한 관찰자로서 광대한 자연과 우주의 질서를 그 자신의 문장, 그 자신의 삶을 통해 치열하게 실천하고 실현해왔기 때문이다.

나는 어둑어둑한 박명의 순간에 한쪽 어깨에는 "막 떠오르기 시작한 해를" 얹고 또 다른 어깨에는 창백한 달을 얹은 채로 천천히 천천히 홀로 바다로 나아가는 한 사람의 영혼을 느낀다. 확신할 수 없는 삶의 조건 속에서, 시간이 흘러도 해결되지 않는 슬픔 속에서, 반복해서 찾아드는 후회와 수치와 불안 속에서도 살아가기를 멈추지 않겠다는 굳건한 정신의 걸음. 메리 올리버의 문장은 도저한 정신으로 쓰인, 경탄할 만한 세상 쪽으로 나아가려는, 우주 본래의 긍정적인 기운에 가닿으려는 의지의 기록이다. 매일 아침 하나의 경전처럼 이 책을 펼쳐들 수밖에 없는 이유이다.

2019년 12월

시인 이제니

작가 연보

1935년 9월	미국 오하이오 메이플하이츠 출생
1955년	오하이오주립대학교 입학
1957년	뉴욕 바서대학교 입학
1962년	런던 모바일극장 입사(어린이들을 위한 유니콘극장에서 연극 집필)
1963년	첫 시집 『No Voyage and Other Poems』(Dent Press) 출간
1970년	셸리 기념상 수상
1972년	시집 『The River Styx, Ohio, and Other Poems』(Harcourt Brace) 출간
	미국국립예술기금위원회 펠로십 선정
1973년	앨리스 페이 디 카스타뇰라상 수상
1978년	시집 『The Night Traveler』(Bits Press) 출간
1979년	시집 『Twelve Moons』(Little, Brown) 출간
1980년	구겐하임재단 펠로십 선정
1980년, 1982년	클리블랜드 케이스웨스턴리저브대학교 매더 하우스 방문 교수

1983년	시집『American Primitive』(Little, Brown) 출간
	미국문예아카데미 예술·문학상 수상
1984년	시집『American Primitive』로 퓰리처상 수상
1986년	시집『Dream Work』(Atlantic Monthly Press) 출간
	루이스버그 버크넬대학교 상주 시인
1990년	시집『House of Light』(Beacon Press) 출간
1991년	시집『House of Light』로 크리스토퍼상과 L. L. 윈
	십/펜 뉴잉글랜드상 수상
1991~1995년	스위트브라이어대학교 마거릿 배니스터 상주 작가
1992년	시선집『기러기New and Selected Poems I』(Beacon Press)
	출간
	시선집『기러기』(Beacon Press)로 전미도서상 수상
1994년	시집『White Pine』(Harcourt Brace) 출간
	산문집『A Poetry Handbook』(Harcourt Brace) 출간
1995년	산문집『긴 호흡Blue Pastures』(Harcourt Brace) 출간
1996~2001년	베닝턴대학교 캐서린 오스굿 포스터 기념 교수
1997년	시집『서쪽 바람West Wind』(Houghton Mifflin) 출간
1998년	산문집『Rules for the Dance』(Houghton Mifflin) 출간
	래넌 문학상 수상
1999년	산문집『휘파람 부는 사람Winter Hours』(Houghton
	Mifflin) 출간
	뉴잉글랜드 서적상인협회상 수상

2000년	시집 『The Leaf and the Cloud』(Da Capo) 출간
2002년	시집 『What Do We Know』(Da Capo) 출간
2003년	시집 『Owls and Other Fantasies』(Beacon Press) 출간
2004년	산문집 『완벽한 날들Long Life』(Da Capo) 출간
	시집 『Why I Wake Early』(Beacon Press) 출간
	산문집 『Blue Iris』(Beacon Press) 출간
	시선집 『Wild Gees』(Bloodaxe) 출간
2005년	오랜 동반자였던 몰리 멀론 쿡 타계
	시선집 『New and Selected Poems II』(Beacon Press) 출간
2006년	시집 『Thirst』(Beacon Press) 출간
2007년	산문집 『Our World』(Beacon Press) 출간
2008년	산문집 『The Truro Bear and Other Adventures』(Beacon Press) 출간
	시집 『Red Bird』(Beacon Press) 출간
2009년	시집 『Evidence』(Beacon Press) 출간
2010년	시집 『Swan』(Beacon Press) 출간
2012년	시집 『천 개의 아침A Thousand Mornings』(Penguin Press) 출간
	굿리즈 선정 베스트 시 부문 수상
2013년	시집 『개를 위한 노래Dog Songs』(Penguin Press) 출간
2014년	시집 『Blue Horses』(Penguin Press) 출간

2015년	시집 『Felicity』(Penguin Press) 출간
2016년	산문집 『Upstream』(Penguin Press) 출간
2017년	시선집 『Devotions』(Penguin Press) 출간
2019년 1월	플로리다 자택에서 림프종으로 타계

메리 올리버를 향한 찬사

메리 올리버, 우리에게, 너무도 많은 사람에게 삶의 신조로 삼을 말들을 남겨준 당신에게 감사합니다.

"말해보라, 당신의 한 번뿐인 야성적이고 소중한 삶을 어떻게 살 작정인가?"

힐러리 클린턴

"삶이 끝날 때, 나는 말하고 싶다. 평생 나는 경이와 결혼한 신부였노라고." 메리 올리버, 당신의 말들에서 나는 위안과 앎을 얻고 마음을 열 수 있었습니다. 당신의 삶은 이 세상에 하나의 축복이었습니다.

오프라 윈프리

메리 올리버, 감사합니다. 당신은 시를 통해 제 할머니에게 빛과 기쁨을 선사했고 할머니께선 당신의 작품이라는 선물을 저와 함께 나누셨습니다. 우리는 할머니의 추도식에서 「가장 큰 선물은 무엇인가?What is the greatest gift?」를 낭송했습니다. 당신의 사랑하는 존재들을 제 마음과 기도에 품겠습니다.

첼시 클린턴

우리들, 꿈꾸고 창조하는 정신을 가진 모든 이들을 위해 메리 올리버는 시를 통해 충만하고 의미 있는 삶의 진실을 너무도 아름답게 그려냈다.

제시카 알바

"당신의 몸이라는 연약한 동물이 사랑하는 것을 사랑하게 하라." 감사합니다, 메리 올리버.

록산 게이

내가 가장 사랑하는 시인 중 하나인 메리 올리버의 죽음에 잔을 들고 눈물을 흘린다. 그녀의 말들은 자연과 정신계를 이어주는 다리였다. 메리에게 신의 은총을!

마돈나

우리가 말로 표현하기 가장 어려운 부분들을 시에 담아주고 우리의 영혼이 우리가 될 수 있는 것에 대한 희망을 안고 노래하도록 만들어준 메리 올리버, 고이 잠드시기를.

귀네스 팰트로

그녀의 시들은 단순하고 솔직하며 수정같이 맑고 투명하다. 자연에 대한 깊은 사랑이 투영되어 있고 정신계와 물질계를 절묘하게 이어준다. 그녀는 삶 자체에 대한 자연스러운, 심지어 순진무구하다고까지 할 수 있는 열정을 갖고 시를 쓴다.

〈가디언〉

메리 올리버는 능숙한 솜씨로 "미국 최고의 시인 중 한 사람"이라는 명성을 공고히 할, 숨이 멎을 만큼 경이로운 작품을 빚어냈다.

〈뉴욕 타임스 북 리뷰〉

헌신의 능력과 결합된 엄격한 정신, 정확하고 경제적이며 빛나는 문구를 찾으려는 갈망, 목격하고 나누고자 하는 소망.

〈시카고 트리뷴〉

올리버는 절묘하리만큼 명료한 산문을 써낸다. 자신을 가장 아낌없이 드러낸 이 산문들에서 그녀는 자기 시들의 원천인 믿음과 관찰, 영감에 대해 이야기한다. 본질적이고 눈부시다.

〈북리스트〉

올리버의 작품이 지닌 놀라운 점 가운데 하나는 그 긴 세월 동안 한결같은 목소리를 내고 있다는 것이다. 갈수록 더 자연에 초점을 맞추고 언어의 정교성이 높아진 결과, 올리버는 이 시대 최고의 시인으로 우뚝 섰다. 올리버의 시에선 불평이나 우는소리를 찾아볼 수 없다. 그렇다고 삶이 쉬운 것인 양 말하지도 않는다. 올리버의 시들은 기분 전환이 되어주기보다는 우리를 지탱해준다.

스티븐 도빈스 〈뉴욕 타임스 북 리뷰〉

1984년에 시 부문 퓰리처상을 수상한 메리 올리버는 자연 세계에 대한 기쁨 가득하고, 이해하기 쉽고, 친밀한 관찰로 나의 선택을 받았다. 그녀의 시 「기러기」는 너무도 유명해져서 이제 전국의 기숙사 방들을 장식하고 있다. 메리 올리버는 우리에게 '주목한다'는 심오한 행위를, 세상 모든 것들의 가치를 알아보게끔 하는 살아 있는 경이를 가르쳐준다.

르네 로스 〈보스턴 글로브〉

초월주의자로 명성을 떨쳤던 헨리 데이비드 소로처럼 메리 올리버도 헌신과 실험 둘 다에 접한, 이른바 '자연이라는 교과서'에 주목한 자연주의자다. 그녀의 시들은 집처럼 편안한 언어로 유한한 삶의 신비에 대해 이야기한다. 유념하는 것은 올리버의 전문 분야, 보고 듣는 건 그녀의 과학적 방법이자 명상 수련인 듯하다.

스티븐 프로테로 〈서치〉

올리버의 삶의 가볍고 경쾌한 희열이, 문장들과 산문시들 사이에서 안개처럼 소용돌이친다.

〈로스앤젤레스 타임스〉

메리 올리버의 시는 지각과 느낌의 비옥한 땅에서 자라는 자연물로, 본능적인 언어의 기교로 인해 우리에게 쉽게 다가온다. 그녀의 시를 읽는 건 감각적 기쁨이다.

메이 스웬슨

메리 올리버의 시는 훌륭하고 심오하다. 축복처럼 읽힌다. 우리를 자연계에 존재하는 우리의 근원과 그 아름다움, 공포, 신비, 위안과 연결해주는 것이 올리버의 특별한 재능이다.

스탠리 쿠니츠

나는 올리버가 타협을 모르는 맹렬한 서정시인이라고, 늪지의 충신이라고 생각한다. 여기 우리가 간절히 원하는 목소리가 있다.

맥신 쿠민

메리 올리버는 워즈워스 그룹의 '자연' 시인이며 그 시의 목소리에선 흥분이 귀에 들릴 듯 생생하지만, 그녀의 자연 신비주의는 오히려 고요의 경지에 도달한 듯하다. 그것은 그녀의 이미지들 대부분에 영향을 미치는데 하나의 특성이라기보단 존재 자체로 의미를 갖는다.

팀 패프 〈베이 에어리어 리포터〉

메리 올리버는 가장 훌륭한 영미 시인들 가운데 하나다. 애벌레의 변태에 대해 묘사하든 새소리와의 신비한 교감에 대해 이야기하든 그녀는 거의 항상 놀랍도록 인상적이고 공명을 불러일으키는 이미지들을 만들어낸다. 올리버는 뛰어난 감성으로 관찰하고 그 누구도 따를 수 없는 경이로운 솜씨로 그 인상들을 표현한다. (…) 그녀의 시는 엄격하고, 아름답고, 잘 쓰였으며, 자연계에 대한 진정한 통찰을 제공한다.

엘리 레러 〈위클리 스탠더드〉

올리버의 시가 지닌 특별한 능력은 그녀가 세상에서 발견한 아름다움을 전하고 영원히 잊지 못할 것으로 만든다는 것이다.

〈마이애미 헤럴드〉

올해 '톱 top 5'는 여섯 단어로 축약될 수 있을 것이다. 메리 올리버, 메리 올리버, 메리 올리버. 올리버의 놀라운 위업은 그녀의 식을 줄 모르는 인기와 독자들의 마음 깊은 곳, 거의 근원에까지 닿는 독보적 능력을 보여준다.

엘리자베스 런드 〈크리스천 사이언스 모니터〉

메리 올리버는 지혜와 관용의 시인이며 우리가 만들지 않은 세계를 가까이 들여다볼 수 있게 해준다. 우리를 겸허하게 하는 그 관점은 오래도록 남는 그녀의 선물이다.

〈하버드 리뷰〉

메리 올리버의 시들은 세상의 혼돈을 증류해 인간적인 것과 삶에 가치 있는 것을 추출해낸다. 그녀는 낭만주의자들과 휘트먼의 메아리가 되어, 홀로 자연 속에서 보고 듣는 것의 가치를 주장한다.

〈라이브러리 저널〉

메리 올리버는 본능과 신념, 투지에 의해 움직인다. 그녀는 이 시대 가장 좋은 시인 가운데 한 사람으로, 여전히 성장하고 있다.

알리시아 오스트라이커 〈더 네이션〉